わるじい慈剣帖（四）

ばあばです

風野真知雄

双葉文庫

目次

わるじい慈剣帖（四）

ばあばです

風野真知雄

双葉文庫

わるじい慈剣帖（四）

ばあばです

第一章　兄弟盆栽

一

巨大なエレキテルが、珠子《たまこ》の家の二階から忽然《こつぜん》と消えている。逃げる詐欺師の昨日までの笑顔のように、きれいさっぱりとなくなっている。

かなり大きなものだったのである。亀のかたちをして、人をあざ笑うようにびりびり痺《しび》れさせてくれた器械。

「どういうこと……」

「どうなってる……」

あれを没収するために大勢で押しかけてきていた北町奉行所の捕り方たちも、皆、唖然《あぜん》として、しばらく言葉もない。

北町奉行所与力の森山平内《もりやまへいない》がようやく動き、押入れをのぞき、窓の下を見た。ふだんつっぱらかっているわりには、腰が引けたような動きである。しかし、そんなところにあるわけがない。

珠子が、抱いている桃子《ももこ》をかばうようにしながら、

「もう一度言いますが、あたしは動かしてませんよ」

と、言った。

するとを桃子が、おっかさんをかばうように、

「ぱふう」

と、息を吐いた。

「ああ。あれは、女が動かせるものではない」

と、愛坂桃太郎《あいさかももたろう》も言った。一度でも見たらわかるはずである。あれを持ち去ろうとしたら、池ごと亀を持ち去るほうが、まだたやすいのではないか。

「誰か持ち出したか？」

森山が、目を砥《と》ぎたての刺身包丁のように光らせ、陰険な人柄を剥《む》き出しにして、後ろの岡っ引きに訊《き》いた。

「いいえ。向こうの路地の出口でずっと見張ってましたが、誰もエレキテルなん

ざ持ち出しちゃいません」

岡っ引きは青い顔で首を横に振った。

「誰か明かりを」

と、森山が言い、提灯《ちょうちん》が差し出された。すでに陽は落ちかけ、西向きの二階の窓から入る明かりだけでは顔もはっきりしない。

森山は提灯を畳に向けた。

畳には、四カ所で支えられていたことを示すように、エレキテルを置いた跡がへこみになって残っていた。大きさは人のこぶしほどである。珠子は朝まではあったと言っていた。

「昼間はなにをしていた？」

森山が珠子に訊いた。

「昼前にしばらく出かけたあと、午後になってやって来た後輩芸者二人に、三味《しゃみ》線《せん》の稽古をつけていました」

「誰も訪ねて来てはおらぬのだな？」

「ええ」

ただ、珠子は言わないが、縁側のほうで稽古をしていると、そっと入って来て、見られないよう二階に上がるくらいのことはできるはずである。だが、あんな大きなエレキテルを持ち去るとなると、それは無理というものだろう。

「ううむ」

森山も、いかんともしがたく、

「妖術か」

と、悔しげに言った。

「エレキテルは妖術ではないぞ」

桃太郎は言った。

「妖術でなかったら、忽然と消えますか？」

森山がムッとした顔で訊いた。

「それは……」

桃太郎にも答えようがない。

「あんな連中をのさばらせておいたら、江戸は雷の国みたいになる」

「どういう国だよ」

と、桃太郎は小声で言った。

「とにかく頭に毒虫が十匹も入ったような連中だ。捜して捕縛しないととんでもないことになる」

「ははっ」

一同はうなずいた。

それから珠子のほうを見て、

「芸者。とにかく今日のところは引き上げるが、エレキテルがもどっても、隠したりはせぬように」

「あんなもの、隠しようがありませんよ」

珠子がそう言い返すと、

「芸者。ひとこと多いぞ」

そう言って、階段を駆け下りて行った。

「芸者芸者と、手下みたいに呼ばないで」

珠子は、けっこう大きな声で毒づいた。


翌日――。

桃太郎は、愛宕下《あたご》にやって来た。愛宕山の裏側というか、東に当たる。

左手の頭上に愛宕山の深い森が見えていて、麓《ふもと》は寺で囲まれている。また、右手の奥は大きな大名屋敷が並んでいる。

江戸の中心部とは思えないくらい、静かな一画である。蝶々がしきりに飛び交っていて、なにやら極楽の飛び地にでも来たみたいである。

こういうところで学問に精を出せば、さぞや見識も深まるだろうと、一度も学問に精を出したことのない桃太郎は思った。

この通り沿いの家に、蘭学者の羽鳥六斎《はとりろくさい》の塾がある。塾兼住まいにもなっていて、何人もの弟子が寝起きを共にしている。

ここに中山中山《なかやまちゅうざん》が隠れているはずである。

桃太郎は、いちおう誰かつけて来ている者がいるかもしれないので、いったん羽鳥の塾を通り過ぎ、次の曲がり角で後ろを確かめてから引き返した。

中山は、当然、エレキテルが消失したことは知っているだろう。中山がなにかやったのかもしれないし、あるいは、羽鳥も協力したかもしれない。

「ごめん」

玄関で声をかけると、

「ふぉい」

熊が咳をしたような声を出し、奥から若いんだか年寄りなんだかわからない男が現われた。

「なんでしょう？」

「わしは愛坂という者だが、羽鳥さんはおられるかな？」

「先生は研究のため出かけておりまして」

「どちらに？」

「さあ」

「中山さんという客人がいたはずだが？」

「中山先生も羽鳥先生といっしょに」

「いつもどられる？」

「さあ」

いちばん出来の悪い弟子を、留守番に残したのかもしれない。奥の気配を窺《うかが》ったが、ほかには誰もいないらしい。

「では、もどられたら、とりあえず使いの者を愛坂のところまで寄こしてもらいたい。火急の用ができたのでな」

「ああ、長い伝言ですな。ちと、紙に書いておいてくれませんか？」

「うむ。そういたそう」

やはり、いちばん出来の悪い弟子を、わざと置いていったのだろう。

二

羽鳥六斎の塾から長屋にもどった桃太郎は、縁側で爪を切っていた朝比奈留三郎《あさひなとめさぶろう》に、

「今日は縁日だったな」

と、言った。

「あ、そうか。どうも、ざわざわしていると思った」

「行ってみようかな」

「また盆栽を買うのか？」

朝比奈は呆《あき》れたように言った。

「悪いか？」

「いや、悪くはないが……」

と、朝比奈は苦笑した。

縁日は、この長屋の近くにある薬師堂《やくしどう》のものである。毎月、八日と十二日が縁

日になっていて、植木市が開かれ、たいそう賑わう。江戸でも有数の植木市として知られているほどである。

桃太郎はここに来て、植木市をしょっちゅう眺めるうち、ついつい買い込んだりして、だんだん盆栽が増えてきた。当初、二階の窓辺に並べていたが、すぐに場所が足りなくなり、大工を入れて、物干し場ならぬ盆栽置き場までつくってもらった。

自分の屋敷にいるときは、盆栽どころか庭もろくに眺めることはなかった。牛を飼うようになって、庭の樹木はぜんぶ取り払い、牧草地にすると言い出して、家族から猛反対されたこともあった。庭だの樹木だのは、桃太郎にとってその程度のものだった。

それがいまや、市が立つたび、一つは買い足している。

「そういう留も、あれはなんだ？」

と、桃太郎は、庭を指差した。

縁側に松の盆栽が二つ飾られている。

「ああ、あれか」

「留だって、盆栽などやらなかっただろうが」

「いや、わしは本当はやりたかったのだ。桃が、やはり盆栽というのは駄目だとか言い出したから、なんとなく遠ざかったのだ」

「ああ、あのときか」

以前、十くらい習い事をしていたときのことを言っているのだ。そのうちの一つに、盆栽も入っていた。

「あのとき、桃はなんて言った？　盆栽というのは、じじ臭いばかりか、大きくなろうとする樹木を、小さく押し込めるものだろう。それは、自然の摂理に反していないかと、そういうことを言ったのだぞ」

「ああ、言ったな」

「その考えはどこに行った？」

「うむ。ちと、変わってきているな」

「どんなふうに？」

「だいたい、樹木を人間のようになぞらえてしまったが、もともと樹木と人間は別物だよな」

「当たり前だ」

「樹木を盆栽に仕立てることで、逆に何百年の命を得て、しかも人の目を楽しませつづけるのだったら、それはそれで素晴らしいように思えてきたのさ」

「それが正しいな」

と、朝比奈はうなずいた。

「だが、留まで始めなくてもいいだろう」

「なに言ってるんだ。もともと、わしのほうは盆栽に興味があったし、見る目だってあったのだ」

「あ、いまさらそういうことを言うかな」

「そりゃあ桃には手妻《てづま》のタネを見破ったり、相手の太刀筋を見極めたりする目があるのは認めるさ。だが、盆栽のようにゆったりした時の流れを見るようなことは、わしのほうが長《た》けている」

「ううむ」

そう言われたら、そんな気もしてきた。

「わしが本格的に盆栽を始めたら、あっという間に桃を上回ってしまう」

「そこまで言うか。では、ちと市を眺めに行くか？」

「いいとも」

「ちょっと待て。桃子も退屈しているかもしれぬ」

と、珠子のところに行くと、

「植木市に？　ちょうどよかった。洗濯物がたまっちゃってるので、桃子をお願いできないかと思ってたんです」

「ああ、いいとも」

と、桃子を背負った桃太郎と、朝比奈と、三人で植木市にやって来た。

三

やはり縁日はたいそうな賑わいだった。

桃子は足をぱたぱたさせ、

「うぐ、うぐ、びび、ぽぽ、びび」

と、なにやらわからないことを言った。

「うん。人がいっぱいいるなあ。桃子は人がいっぱいいるところが好きだよなあ」

桃太郎はそれを翻訳した。

「当たっているような気がするから不思議だな」

と、朝比奈は言った。

「なにが?」

「桃の、桃子語の翻訳だよ」

「そりゃあ、以心伝心というやつだろう」

祖父と孫娘は、心で通じ合うのである。

まずは境内を一回りすることにした。

ここは、山王旅所《さんのうたびしよ》と薬師堂が一つの境内におさまっている。境内自体は、およそ千坪ほどか。

旅所というのは、山王祭りの神輿《みこし》が夜におさまるところで、社《やしろ》が二つ並んでいる。山王祭りでは、巨大な神輿がいくつも出るが、あれがすべてここにおさまるはずはない。当日見たことがないので、桃太郎も朝比奈も、どういうことになっているのかはわからない。

もっとも、山王旅所より、薬師堂のほうが、でんと構えて、敷地も多く使っている。

勾配のある屋根を持った仏殿のなかには、恵心僧都《えしんそうず》が彫ったという薬師如来像が安置されているらしい。薬師如来という仏さまは、その名に薬の文字があるように、病を治すのにご利益があり、なおかつ現世利益をもたらすというので、庶民にはやたらと人気がある仏さまなのだ。

その薬師堂で、桃太郎は桃子の健康を始め、珠子に負けない美貌に、理解があって金持ちの旦那が見つかることなど、ありとあらゆる現世の幸せを祈り、朝比奈はいまの病状の小康状態が少しでも長くつづくよう祈った。

それから歩き出すとすぐ、朝比奈は松の盆栽を並べた店の前で足を止めた。

「また松かい」

と、桃太郎は言った。

「そりゃあ松だろう」

「まあ、盆栽の王さまではあるがな」

「松に始まり松に終わるともいう」

「ふうむ」

桃太郎は難しい顔になった。

「不満か？」

「というより、わしはなんとかに始まり、なんとかに終わるという言い方が嫌いでな。ほら、おれたちが子どものころに通った道場の師範代で、なんといったっけな？」

「長坂助三郎《ながさかすけさぶろう》先生か？」

「そうそう。その助三郎先生に、いつも剣の道は挨拶に始まり挨拶に終わるのだ、愛坂はどちらもなっとらん！　と、怒られてばかりだった」

「当然だろう」

「そんなことはない。斬られたら、挨拶なんかできるか。だったら、剣の道は挨拶に始まり無言で終わることだってあるだろうが」

「屁理屈だな、それは」

「屁理屈ではない。わしの言うことが真実だ。だいたい、始まりと終わりは違うものだ。進歩があるか、あるいは退化するか。ずっと同じだったら馬鹿だ。朝飯に始まったら、朝飯で終わるか。朝飯に始まったら、晩飯か夜食で終わる」

「あっはっは」

　と、朝比奈は笑い、

「そういうふうに見たら、桃のほうが正しい。だが、助三郎先生が言いたかったのは、挨拶は大事だということだろうが」

「たしかに挨拶は気持ちがいい。礼儀も大事だ。だが、挨拶に始まり挨拶に終わるとか偉そうなことをぬかすやつに限って、こっちはあまり尊敬する気になれないんだよなあ」

「やっぱり桃はワルだ」

「なんとでも言え」

「しかし、助三郎先生より、はるかに強くなったのも事実だ」

「そうかな」

「助三郎先生は、草葉の陰で、さぞや悔しい思いをしているだろう」

「え？　助三郎先生、生きてるぞ」

「ほんとか？」

「ああ。おれはこのあいだ見かけたもの。杖はついていたが、わしを見かけたら、愛坂、挨拶は？　と声をかけてきた。仕方ないから挨拶して、身体《からだ》をねぎらってやったよ。わしも人間が大きくなったもんだ」

「そうなのか」

そんな話をしているうち、朝比奈は五葉松《ごようまつ》の鉢の一つが気に入ったらしく、購入した。

桃太郎のほうは、その二つ隣で、実ものの盆栽をいろいろ置いている店に目が

行った。吸い寄せられるように足が向き、

「それは柿だな」

盆栽の一つを指差した。

「あ、旦那。お目が高い。柿です」

と、店主は感心したように言った。実が生《な》っていないと、柿は見分けがつきにくい。だが、桃太郎は始終ここに来て眺めているうち、ずいぶん区別がつくようになってきた。

「実はよく生るかい？」

「生ります。しかも、甘くておいしいですよ」

「ほう。桃子、おいしい実が生るってさ」

「ほよ、ほよ、あぷ」

桃子は足をぱたぱたさせた。

「よしよし、買ってやる」

実ものが好きになったのも、桃子が喜ぶだろうと思ったからである。きれいで、実が生るのだったら、言うことなしだろう。しかも、桃太郎が死んだあとも、盆栽が実をつけるたび、自分のことを思い出してくれそうな気がする。これが松だと、思い出すきっかけがないではないか。

「旦那、ほかに柿の盆栽はお持ちじゃないですよね？」

と、店主が訊いた。

「いや、マメガキを一つ持っている」

「それはいい。これはヤマガキですが、種類の違うやつを隣に置いておくと、実の生りがいいんですよ」

「そうなのか。それはいいことを聞いた」

「ほかにもいいのがありますぜ」

と、店主は勧め上手である。

「うむ。それは？」

気になったものを指差した。

「ああ、やっぱりお目が高い。これは柚子《ゆず》なんですが、これもいい実をつけるんです」

「ああ、柚子はいいな」

「香りもいいし、身体にもいい。しかも、黄色ってのは幸せを呼ぶらしいですぜ」

「どうだ、桃子？　柚子だとさ」

「ほしょ、ほしょ。ぱふ」

「うん。気に入ったらしい。それももらうか」

「ありがとうございます。お近くですか？」

「うん。坂本町《さかもとちょう》だ」

桃太郎がそう言うと、持ちやすいように縄で縛ってくれた。

四

「やはり買ってしまった」

と、桃太郎は朝比奈の松を見ながら言った。

「うむ。来ると買いたくなるな」

朝比奈も苦笑いして言った。

「もう少し見て行くか」

「そうしよう」

境内を出て、通りのほうを歩いて行くと、向こうで大家の卯右衛門《うえもん》が誰かと立ち話をしていた。どことなく困惑の態《てい》である。

卯右衛門はこちらを見て、

「あ、愛坂さまに朝比奈さま。最近、植木に凝《こ》っておられるようで」

と、声をかけてきた。

「まあな」

「ご紹介しておきましょう。薬師堂の市を仕切っておられる民蔵《たみぞう》さんです」

民蔵と呼ばれたのは五十くらいの小柄な男である。いかにも正義感が強そうで、頼まれなくても毎晩、夜回りをしていそうな感じもある。きりりと上がった眉《まゆ》は、なにかを磨くのに使えそうなくらいの剛毛でできている。触ると刺さりそうである。

「いや、仕切っているというより、単にごたごたがないよう気をつけているだけです」

と、民蔵は謙遜《けんそん》し、

「なにせ薬師如来さまの縄張りですから」

そう付け加えた。

「縄張りか」

「あ、いや、お膝元と言いますか」

「なるほど。だが、なにか気になることでもあったのか？　そんな顔をしていたぞ、二人とも」

「まったく、愛坂さまはなんでもお見通しですな。じつは、あそこの店なんですがね」

　と、卯右衛門は、斜め向こうの出店を指差した。

「うむ。ずいぶん寂しげな店ではないか」

「ええ。盆栽を一点しか置いてないんです。しかも、いわくつきの」

「いわくつきとな」

「どうぞ、ご覧になってきてください」

　桃太郎と朝比奈はさりげなさを装って、その店の前に立った。

「ふうむ」

　黒松の盆栽である。

　店主はまだ若い。三十にもいってないだろう。日除《ひよ》けの菅笠《すげがさ》をかぶり、黙って俯《うつむ》いたきりで、客が前に立っても、声一つかけてこない。

　盆栽のわきに紙が置いてあり、

「じつは、こいつには双子の兄弟がいます。こいつとそっくりの盆栽がいなくなってしまったんですが、誰かご存じないだろうか」

と、書いてある。

「うん」

と、桃太郎は咳払いを一つした。

店主は顔を上げ、低い声で、

「どうも」

とだけ言った。口が利けないわけではなく、いちいち話すのが面倒だかららしい。

「どうだ？」

桃太郎は小声で朝比奈に訊いた。

「いやあ、いいものだろう。逸品と言ってもよいくらいだ」

「そうか」

桃太郎もそう思う。鉢自体も、かなりいいものに見える。

桃太郎は、盆栽の前にしゃがみ、

「兄弟がな」

と、言った。

「ええ」

「この盆栽はどこで手に入れた？」

「ええと、それは」

言い渋っている。

「悪事がからむのか？」

「それはありません」

「だったらいいだろうが」

「とあるお寺に寄進されたものでしてね。あたしも寺の名誉にかかわることなので、それ以上は話せませんので」

寺の名誉ときた。

そう言われたら、寺社方の役人でもなければ、それ以上は突っ込めない。

しかし、ほんとかどうかは疑わしい。

「いかほどするのだ？」

と、桃太郎は訊いた。

「兄弟の許に行けるなら十両」

「十両」

桃太郎は朝比奈を見た。朝比奈も驚いている。

「そうでなければ三十両」

店主はさらに言った。

「三十両とな」

そこまでの金を出す気はない。いくら手塩にかけたとはいえ、盆栽はしょせん、もともとは野山にあったものである。

五

桃太郎たちが卯右衛門のところにもどって来ると、

「高いことを言いましたでしょう」

と、卯右衛門が言った。

「うむ。兄弟の許に行けるなら十両、そうでないなら三十両と」

「そうなんです。まあ、確かにいいものではありますが」

と、民蔵は言った。

「民蔵さんならいくらつける?」

卯右衛門が訊くと、

「そうですね。五両くらいならつけてもいいかもしれません」

「五両！」

それでもたいした値段である。

「民蔵さんの言い値なら間違いはないですよ。なにせ、子どものころからこの市を見てきた人だから」

卯右衛門が太鼓判を押した。

「数だけは見てきたでしょうな」

と、民蔵は謙遜もしない。

「お大名も民蔵さんの見る目には一目置いてましてね。このあいだは田安《たやす》さまのご用人が、節句に飾る盆栽について相談に来られたのです」

「ほう」

桃太郎も感心した。

「いやいや、まあ、数を見てきてますので」

「もう四十年以上になるかい？」

卯右衛門が訊いた。

「そうですね。あっしは四十八ですが、子どものときからうろついてますので」

民蔵はそう言って、眉をますます吊り上げた。

「そういう人だと、あんな店は出させたくないのかな？」

桃太郎が訊いた。

「それはそうです。怪しいです。あっしとしては追い出したいのですが、卯右衛門さんに止められましてね」

そう言って、民蔵は卯右衛門を見た。卯右衛門はここらの顔役だけあって、薬師堂の差配も意見を無視することはできないらしい。

「いやね、あれがひどいものならともかく、いいものらしいですし、市にはいろんな出店があったほうがいいと思うのですよ。面白いじゃないですか、一品しか置かない店って。あたしはいろんな商売を見てきたが、一品しかない店は生まれて初めて見ました」

と、卯右衛門は言った。

「それはわしも同感だ」

市場とかは、怪しいのから掘り出し物まで、いろんなものがあるから面白いのだ。

「ですが、植木屋にはけっこうろくでもないのがいるんですぜ。盗品を並べるのはしょっちゅうです。夜中に、出しっぱなしの鉢植えを盗んで荷車に積み、ここに持って来て売るんですから」

「なるほど」

そういうのはいそうである。

「あとは、そこらの木を適当に切って、土を入れた鉢に差し、鉢植えだの盆栽に見せかけて売るんです。もちろん、買った翌日には枯れてきます。うまくいって根づけばめっけものというくらいです」

「ははあ」

それもいそうである。

「あっしが見張ってないと、なにをされるかわかりません」

「まあ、確かになんなのかと思うわな」

「だから、あっしが直接、訊いてみると言ったのですが」

民蔵がそう言うと、

「いや、民蔵さんに訊かれたら、相手も恐くて、逆に喧嘩《けんか》になったりするよ」

と、卯右衛門はなだめた。

「それに、訊いてもおそらく、あれ以上のことは言わぬさ」

桃太郎もそう言った。なにか、言いたくないわけがあるのだ。

「愛坂さま。謎解きをお願いしますよ」

卯右衛門は手を合わせた。すると民蔵が、

「謎解き?」

と、胡散臭《うさんくさ》そうに桃太郎を見た。謎解きなどというのは、博奕《ばくち》と同じだとでも言いたげである。

「民蔵さん、この愛坂さまはな……」

卯右衛門がまた大げさな自慢を始めそうになったので、

「おいおい、卯右衛門。この買った鉢を家に置いたら、昼飯を食いにあんたの店に行くから、そのときに話そうではないか」

と、桃太郎は話を打ち切った。

六

とりあえず、買ったものを一度、長屋に持って行ってから、卯右衛門の店で昼飯を食うことにした。

二つの実ものの鉢は、桃太郎の家の庭には置かない。

「おや、珠子さんのところか？」

と、朝比奈が訊いた。

「というより二階の窓のところにな。どうも、エレキテルはあそこから出入りしたとしか考えられないのだ」

「それを置くと、どうにかなるか？」

「邪魔になって、入って来ようとするとき、音を立てたりするだろう」

「入って来る？　どうやって？」

「泥棒みたいにそおっと」

「本気か？」

「わしにもわからん」

本当に、エレキテルというのはなんだったのだろう。

珠子は洗濯を終え、庭の物干し竿《ざお》に干しているところだった。桃子のおしめがいっぱい並んで風にはためいている。これだけの洗濯物を洗うのは、さぞかし大変だっただろう。我が家の妻だの嫁だのは、こういうことはみな、女中にやってもらうのだから、あいつらはもう少しわしに感謝すべきではないのか。

「あら、桃子、帰ったの」

「これをな」

「まあ、いい感じの盆栽」

「二階の窓辺に置いてもらいたいのさ」

「お庭ではなく？」

「うむ、曲者除《くせものよ》けにもなるのでな」

桃太郎は桃子を背中から下ろすと、二つの鉢を持って二階に上がった。

もちろんエレキテルはもどっていない。

窓には手すりもついていて、腰を下ろせるように張り出してある。そこへ二つ、並べた。あと三つくらいは置けるが、とりあえずはこれでいいだろう。

それにしても、あれだけ大きなものが忽然と消えるものか。

窓の下は、庭になっている。下ろしたりすれば、珠子が気づくだろう。

どれくらいの重さだったか、桃太郎も持ち上げようとはしなかったので、見当がつかない。それでも、鉄などの部品が使われていた。一人で持ち上げて、庭に放りだすなんて荒技は、とてもできそうにない。

――では、どうやって？

考えていると、後ろで「はあはあ」という音がした。

――え？

振り返ると、なんと桃子が上がって来ているではないか。

「ぱふう」

顔が踊り出したみたいな笑顔を見せる。

「ありゃあ。桃子、階段をハイハイで上ったのか？」

「じ、じ、じ」

じいじと言いたいらしい。

「桃子、階段が上れるのか？」

「ふよ、ふよ」

「驚いたなあ」

桃太郎は、桃子を抱き上げ、

「珠子。桃子が階段を上ってきちゃったぞ」

と、階下に声をかけた。

「あら、まあ」

珠子もびっくりして二階に上がって来た。

「駄目よ、桃子」

珠子が少しきつい調子で言ったので、

「いや、怒らなくてもよい。そもそも子どもというのは、高いところに上りたがるものなんだ。それより、大人が対策を練らなきゃ。やっぱり柵みたいなものをつくらないと駄目だな。よし。大家に言って、知り合いの大工でも入れさせよう」

「そうですか」

「そういう柵があれば、エレキテルがいつの間にかもどって来たときも、一階には下りて来られないだろうしな」

「エレキテルがもどって来る？　そんなことってありますか？」

珠子は不安げに訊いた。

「それはわからぬ。桃子だって、いつの間にか二階に上がったんだから」

「桃子はエレキテルじゃないですよ」

「だが、あれだって、なにをやらかしてもおかしくないぞ。中山中山のことだから、あんたたちに害をなすようなものは置かないだろうが、それにしてもエレキテルというのは想像を絶するものだからな」

「わかりました」

珠子がうなずくと、桃子も、

「ちゃあ、ちゃあ」

と、了解したらしかった。

七

それから桃太郎は、卯右衛門のそば屋に一人で向かった。朝比奈は、当人が言うには「娘のところで法事のような用事がある」とのことで、出かけて行った。

ところが、そば屋に来てみると、昼飯どきのうえに植木市の客も流れて来ているので、たいそうな混雑である。店の前で立って順番待ちをしている客もいた。

「出直すか？」

と、卯右衛門に訊くと、

「いや、裏に回ってください。あたしの部屋でどうぞ」

「いいのか？」

かまわないというので、裏に回った。

息子たちは二階で暮らし、一階は店と調理場のほかは、卯右衛門の部屋があるだけらしい。桃太郎も、こっちに来るのは初めてである。

部屋は四畳半に四畳ほどの縁側兼板の間がついたつくりである。

縁側の前は二坪ほどの可愛らしい庭になっていて、ウサギが一匹に、丸い火鉢を埋めたらしい池に、亀が二匹いた。

なんにしますかと訊きに来た卯右衛門に、ざるそばの大盛りを頼んでから、

「ウサギと亀を飼ってるのか？」

と、訊いた。

「そうなんですよ」

「ときどき駆け比べさせたりしてるんじゃないだろうな？」

「あっはっは。ウサギはつぶすつもりでもらったんですが、見たら可哀そうになっちまって、こうやってもう二年くらい飼ってるんですよ。亀はそこの楓川《もみじがわ》にいたのを捕まえてきたんです」

「いいな、生きものは。今度、桃子にも見せてやろうかな」

「ああ、どうぞ、どうぞ」

「それで、盆栽の話をする前に、珠子の家の階段に柵というか、門というか、そういうのをつくってもらいたいんだ」

「誰かを閉じ込めるので？」

「そうじゃない」

と、桃子への心配を説明すると、

「わかりました。ほかならぬ桃子姫のことですから、さっそく大工を呼んでやらせましょう」

卯右衛門はなんのかんのと言っても、いい大家なのだ。

いったん下がって、桃太郎が頼んだざるそばの大盛りと、自分が食うざるそばを持って、またやって来ると、

「あっしは考えたんですが、ものには皆、兄弟があるのかもしれませんな」

卯右衛門はそばをたぐりながら言った。

「そうなのか」

「よくよく考えてみればですよ」

「うむ」

卯右衛門がよくよく考えると、ものごとは混乱を増すように思えるが、桃太郎

もそういうことは言わない。若いときは言ったかもしれないが、いまは言わない。

「だって、一つしかつくらないってことは、なんにせよ、あまりないじゃないですか。そばだって、一回で一人前は茹《ゆ》でませんよ。たいがい注文がたまったところで、四、五人分を茹でたりします。だから、見た目はざると月見そばであっても、そいつらは兄弟ってことになります」

「なるほど」

「盆栽も同じ実生《みしょう》か、同じ親からの挿し木で育てたものが、いくつかあるはずです。それらは兄弟でしょう」

「まあ、そうだが、わざわざ兄弟扱いはしないだろう。そばでも、盆栽でも」

桃太郎はそう言って、二枚目のざるに取りかかった。

「そうなんです。そこで、あっしはさらに考えました。その盆栽は、同じ実生か挿し木かはともかく、同じ家にあったわけです」

「ほう」

「そこに仇討《あだう》ちがからむのです」

「仇討ち？」

「ええ。兄弟と言えば、曾我《そが》兄弟。曾我兄弟といえば、仇討ちでしょう」

「そりゃまあ、そういうふうに言えばな。だが、兄弟と言えば、頼朝《よりとも》・義経《よしつね》の兄弟で、頼朝・義経と言えば、仲違《なかたが》いとなるぞ」

「まったく、愛坂さまも意地悪ですなあ。ただ、あっしが考えたのは、仇討ちと言っても、討つ側ではなく、討たれる側なんです。とある豪商の店にふたりの押し込み強盗が入り、あるじは殺され、金はもちろん、床の間に飾ってあった対《つい》の松の盆栽までが盗まれたってのはどうです？」

「よいのう」

「それで、殺された豪商には息子がいて、逞《たくま》しく成長したのです。息子は唯一の手がかりである松の盆栽を見つけるため、ほうぼうの家の松の盆栽をのぞいて回り、ついにその片割れを見つけ、親の仇を討って、盆栽も取り戻した」

「たいしたもんだな」

「だが、見つけたのは片割れだけ。もう一人を見つけようと、ああして植木市に出入りしては、あと一人を誘い出しているというのはどうです？」

「なるほど。考えたな」

「いや、まあ。愛坂さまの影響で」

「ただ、押し込みがばれるようなものを、わざわざ買うかな？」

「いや、買わなくていいんです。ただ、気になってぜったいに話しかけてくると思うんですよ」

「そういうのだと、あの民蔵も喜びそうだ」

「確かに。なにせ、あの民蔵ときたら、悪いやつではないんですが、薬師如来の申し子みたいなつもりでいますからね。下手すりゃ、薬師如来の代わりに、自分がバチを当ててやるくらいのつもりでいますから」

「バチをな」

それはそれで、困ったやつである。

八

二人ともそばを食い終わり、卯右衛門は店の後片付けを手伝ってきますと下がって行った。それからしばらく、桃太郎は庭のウサギに草を食べさせたりしていたが、そば屋の混雑も一段落ついたみたいで、もどって来た卯右衛門が、

「愛坂さま。また、行ってみましょうか」

と、言った。

「そうだな。あの兄弟盆栽の売れ行きも気になるしな」

「その前に、今度、うちで売り出すそば饅頭《まんじゅう》の味を見ていただきたいんですが」

「ほう。そば饅頭をな」

見本を試食させてもらうと、これがなかなかの味である。

「いい餡《あん》こじゃないか」

「ええ。じつはそば粉はうちのものですが、餡こは塩瀬《しおぜ》から卸してもらうことにしましてね」

塩瀬の饅頭といったら、家康《いえやす》公も食べたというくらい有名である。

「なるほど。まったく、あんたのところは栄える一方だな」

「なにをおっしゃいます」

茶を飲んで饅頭を食いながら、半刻（一時間）ほど世間話に興じたあと、ふたたび植木市に行ってみると、なんとあの兄弟盆栽の男はいなくなっているではないか。

「おい、ここの男はどうした？」

隣で店を出していた植木屋に訊くと、

「あの盆栽が売れたんで、さっさと店を畳んじまいましたよ」

悔しそうに言った。

「売れたのか？」

「ええ。まさか売れるとは思いませんでしたよ」

「十両で？」

「ええ。驚きましたよ」

「どういう客が買ったのだ？」

「大店《おおだな》のあるじのような恰幅《かっぷく》のいい旦那でしたよ。あたしが兄貴のほうを持っているので、いっしょにしてやるかと。兄弟がいるとわかったら、いっしょにしてやらなきゃ可哀そうだなってんでね」

店のあるじがそう言うと、

「押し込みの片割れではないのかな」

と、卯右衛門はつぶやいた。

「ほう。それで、別々になったいわれはわかったのか？」

桃太郎が訊いた。

「いや、わからずじまいでしょう」

「そうなのか」

　桃太郎と卯右衛門が呆れていると、民蔵がやって来て、

「売れたらしいですね、あの兄弟盆栽が」

　と、話しかけてきた。

「そうなんだよ。あたしも愛坂さまとたったいま来たところなんだがね」

　と、卯右衛門が言った。

「十両でねえ」

　民蔵は納得いかないようすである。

「その客は、あの盆栽の兄貴だか弟だかを前から持っていたのかな？」

　桃太郎が、隣の店のあるじに訊いた。

「いや、ここで先月、買ったみたいですよ」

「ここで？」

　桃太郎はわからなくなった。

　兄弟のほうも売りに出されていたというのは、どういうことなのか。姉妹が吉《よし》原《わら》に売られ、別々に店に出て来たとか、そういう話なのか。

「愛坂さま。仇討ちはどうなるんでしょう？」

卯右衛門が訊いた。

「うむ。わしもどういうことかわからぬ。ちと、歩きながら考えよう」

と、腕組みしながら境内のほうに向かった。

「愛坂さま。あたしもお供しますよ」

と、卯右衛門はついて来る。

民蔵は、わけがわからんといった顔でムッとして突っ立ったままである。

桃太郎は薬師堂の前まで行くと、くるりと向き直って、境内全体を見た。昼も八つ（およそ午後二時）くらいになると、客足もだいぶ少なくなってくる。店のなかにはぼちぼち畳む準備を始めているところもある。

とある店の前に立ち止まり、

「どうだな、売れ行きは？」

と、訊いた。

「いやあ、今日は朝早くから開いて、売れたのは菊の鉢が一つだけでさあ」

店のおやじは冴えない顔で答えた。

「それは厳しいな」

「まあ、こんだけ店が出てればしょうがないですがね」

「だが、それでは儲《もう》からないだろう」

「ですが、あっしらの商売は元手が安いんでね」

「なるほどな」

桃太郎はそう言って、ぱんと手を打った。

「そういうことか」

「おわかりになったので？」

卯右衛門が訊いた。

「ああ」

「仇討ちはからみますか？」

卯右衛門は仇討ちにこだわっている。

「いや、仇討ちはからまぬ」

桃太郎は苦笑して言った。

「押し込みも？」

「それもからまぬ」

「そうなので」

卯右衛門は大きな悪事がからまないので、がっかりしたらしい。

「それにしても、うまいことを考えたものだな」

桃太郎は感心した。世の中には、知恵のあるやつがいるものである。

「どういうことです？」

「つまりだな、先月、この市に高くていい盆栽を買った客がいたわけさ」

「ええ」

「その客に、もう一度、高くていい盆栽を買わせようとしたのさ」

「え？」

「あんたはいいところまでいったんだ。なんにでも兄弟はあると言っただろう。植木屋だって、同じような盆栽はいくつもつくるわな」

「そりゃそうです」

「だが、それをただ並べていても、二ついっしょに買う客はいない。ところが、一つ買ったあとで、なにやらいわれがある兄弟の盆栽があるとしたら、人情としていっしょにさせてやりたいと思わないか？」

「ははあ。つまり、先月の植木屋と、今日の一つだけ売りに来たやつは、共謀《ぐる》だったというわけで？」

「そういうことさ」

「なるほどねえ」

「あの植木屋が一日店を出しても、菊一鉢しか売れないほど商売は楽じゃない。だが、狙いは絞ってあった。先月、高価な盆栽を買った人。金があるのはわかっているし、おそらくこの界隈《かいわい》にいる盆栽好きに違いない。この市にはしょっちゅう足を運んで来るのだろうな」

「愛坂さまみたいですね」

「わしは十両もする盆栽は買えぬさ。だが、そのたった一人の客を狙うのは、たぶん何千人もの客から一人を狙うより、効率はいいのかもしれぬ」

「ははあ」

「じっさい、成功したわけだ」

「なるほどねえ」

「兄弟盆栽にどんないわれがあるかは、あえて言わない。そのほうが、ボロも出ないし、客は想像を逞しくする。しかも、見た目といい、鉢といい、兄弟というのは間違いない。買いたくなるのも無理はないわな」

「ほんとですねえ」

「だが、この話を民蔵にしたら怒るだろうな」

「だが、しないわけにはいきませんよ」

ちょうど向こうから、民蔵がやって来るところだった。

九

「それじゃあ、二度売りするための手管《てくだ》だったんですか！」

卯右衛門の説明に、民蔵の眉が、いまにも空に向けて発射されそうなほど吊り上がった。桃太郎は、怒るだろうと予想していたので、

――言わんこっちゃない。

と、小さくため息をついた。

「だが、商売には知恵も必要だしね」

と、卯右衛門はかばった。

「いや、卯右衛門さん。それは商売の知恵じゃねえ。詐欺ってやつでしょう」

「まあ、悪く取れば、詐欺と言えなくもないだろうが」

「そんなことは、薬師如来さまも許しませんよ」

民蔵の憤懣《ふんまん》はおさまりそうもない。

「だが、もう、売られちゃったしな」

と、卯右衛門が言っても、

「いや、なんとか見つけ出しますよ」

「見つかるかねえ」

「草の根をわけても」

言うことが大げさである。

「最初のやつを売った植木屋はわかるかい？」

桃太郎が訊いた。

「いや、それはちょっと……」

薬師堂では、市に来る業者で特別な株仲間みたいなことはしていないという。前日に店を出したいという者が来て、場所を決めるくじを引くのだそうだ。申し込みの数もそれほど多くはなく、何倍とかにはならず、だいたい敷地分くらいの数になるという。ただ前回、誰がどこに店を開いたかまではわからない。

「先月に買った植木屋の顔なんか、たぶん買った客だって、覚えてはおらぬだろう」

桃太郎がそう言うと、民蔵の顔がだんだんに膨れ、赤くなって来た。ほとんど茹でたタコである。

「ううう、訴えてやる！」

民蔵は叫んだ。

「町方にか？」

「ええ。町方が捜せば、見つかるでしょう」

「それは、やめたほうがよいな」

と、桃太郎は止めた。

「どうしてですか？　悪事は裁かれなければいけません」

「だが、この話にはまだ裏があるぞ」

「裏？」

「こういうことは、なにかきっかけがないとなかなか思いつかないものだ」

「どういうきっかけです？」

「それはわからぬが……」

桃太郎はそう言ったとき、閃《ひらめ》いた。

「いまごろは祝杯をあげているやもしれぬ。卯右衛門。ここらに早くから開けている飲み屋はあるかい？」

「ええ。そっちの茅場河岸《かやばがし》にはいまごろから開ける飲み屋が何軒かありますが」

「ちと見てみようじゃないか」

そう言って、桃太郎は歩き出した。

茅場河岸というのは、もう少し上流に行けば日本橋《にほんばし》の魚河岸があるが、わざわざそこまで持って行く意味がないような、イワシなどの雑魚《ざこ》が多く扱われるところでもある。パッと見ただけでも、何軒ものイワシの問屋や、粕締め魚の問屋が並んでいる。当然、その近くには、これを酒の肴《さかな》にする飲み屋がある。

すでにイワシを焼く脂っぽい煙が、酒宴に誘う唄のように流れてきている。

通りに面した飲み屋の店先には、顔を赤くした酔客がちらほらと見える。

桃太郎は、そんな店先をのぞいていくうち、

「ほら、あそこに」

と、足を止めた。

大きな赤提灯を下げた飲み屋の店先で、男が二人、飲んでいた。片方は、まさに昼前に松の盆栽を一つだけ置いて、座っていた男だった。

十

「話はわしがする。お前たちは、さりげなくそばに座って、飲みながら話に耳を傾けてくれ」

桃太郎は卯右衛門と民蔵にそう言って、二人に近づいた。

「一年分を一日で稼げるんだな」

「ああ。頭は使いようさ」

「まったく兄貴はたいしたもんだ」

二人はそんなことを言いながら、うまそうにイワシをつつき、冷酒をあおっている。

と、そこへ、

「よう。あんたたちは商売上手だな」

桃太郎が声をかけた。

「え？」

「うまい商売だと言ってるんだ」

「なにがです？」

二人は顔を見合わせ、それから桃太郎を不安そうに見た。

「兄弟盆栽のことだよ。いい盆栽を買った客に、もう一つ、似たようなものを買わせたんだろう。そりゃあ、兄弟なんて言われたら、買いたくなるわな。おっと、わしは責めているわけではないぞ」

「そうなので？」

「ああ。そなたが、先月売ったほうかな？」

と、もう一人に訊いた。歳は三十くらいか。どことなく気弱そうで、店のわきに置いた盆栽を積んだ荷車はたぶんこの男のものだろう。

「まあね」

「どっちが考えたんだ、あんな変わった商売を？」

「変わってますかね？」

「ああ。少なくともわしは知らないな」

「思いついたのは、あっしのほうです。じつは、あっしらは双子の兄弟でしてね」

「ほう」

「顔はあんまり似てねえし、得手《えて》不得手も違うので、意外に思われるんですが、じっさい同じ日に生まれたそうなんです」

「そういう双子もいるとは聞いてるよ」

　と、桃太郎はうなずいた。

「ところが、双子ってのは縁起がよくないってんで、あっしたちも片割れが里子に出されたんです。出されたのは、先に生まれたあっしのほうです。つまりは兄貴ですわな」

「なるほど」

　それもよく聞く話である。双子がなにゆえに縁起が悪いのかはわからないが、おそらく跡継ぎ争いなどが起きやすかったのだろう。

「それで、弟は生家に残りました。生家はけっこう大きな商売をしてましてね。逆に、あっしが出されたのは小さな植木屋でした」

「ふむふむ」

　ちらりとわきを見ると、すぐそばの縁台に座った卯右衛門と民蔵も、酒をちびちび飲みながら、耳は完全にこちらに傾けている。

「ふつうはそういうことは知らないまま終わるんですよね。ところが、話は妙なふうにこじれましてね。生家に残った弟はなんていうのか、不器用なところがありましてね、そろばんが苦手だったんです」

「ほう」

「それで、生家にいた番頭が不始末をして追い出されるとき、この弟に余計なことをしゃべりやがったんです」

「ははあ」

「それで、弟は、里子に出すほうを間違えたと思ってるんだろうと、ひねくれちまいましてね。ぐれた挙句の勘当ですよ」

兄貴がそう言うと、弟のほうは苦笑しながらうなずいた。その表情からは、ひねくれたりぐれたりしたのはほんの一時期だったことが窺える。

「弟は家を飛び出したんですが、数年前、あっしのところにやって来ましてね。いまはいっしょに植木屋をやってるんです」

「ははあ」

「そういう境遇だから思いついた商売なんだと思います。盆栽も兄弟をいっしょにしようなんてね、笑っちゃうかもしれねえが、あっしらには切実な曰《いわ》く因縁《いんねん》の話なんですよ」

兄貴がそう言うと、

「よお、いまの話って、瀬戸物町《せとものちょう》の浜田屋《はまだや》さんの話じゃねえよな？」

と、わきから民蔵が割って入ってきた。

「え？」

「浜田屋さんの倅《せがれ》じゃないのかい、あんたは？」

民蔵は弟のほうに訊いた。

「ご存じなんですか、浜田屋を？」

「知ってるよ。薬師堂の有力な肝いりのお一人だよ。大きな瀬戸物屋だ。盆栽の鉢なんかもいっぱい扱ってる。あっしなんかもずいぶん世話になったんだ。それで、双子の話はほかから薄々耳にはしてた。おかみさんが数年前に亡くなったぜ」

「はい、わかってます」

と、兄弟はつらそうにうなだれた。

「いま、旦那は一人で商いをしてるが、跡継ぎはいないし、元気もねえし、かなりの老舗《しにせ》なのに、だんだん傾いてきた。勘当した倅にもどってもらいてえが、いまさら捜すわけにもいかねえ。旦那にも意地ってのがあるからね。譲ってやるなら倅のほうだ。もどってやったらどうでえ？」

「そう簡単にはいきませんよ」

弟は顔をそむけた。家を出るときには、やはりいろいろつらい思いもしたのだろう。

そこへ、桃太郎が口を挟んだ。

「だったら、こうしたらどうだ。兄貴が瀬戸物屋に入るんだ。あんな商売を考えるくらいだもの、商才はあるんだ。きっと瀬戸物屋もやっていける。それで、弟が植木屋を継ぐ。しかも、盆栽の鉢も扱うなら、二人は協力し合えるじゃないか」

「そりゃあ、いい考えですねえ」

と、民蔵は手を叩き、

「どうでえ。ここはあっしにまかせてもらえねえかい？」

兄弟に訊いた。

「どうする？」

「ううん……」

弟はまだ渋っている。

「おやじさんはここんとこずいぶん老《ふ》けちまったぜ」

民蔵は言った。

「そうですか」

兄のほうがうなずいた。

「歳も歳だしな」

民蔵はさらに言った。

「おやじはいくつになりました？」

兄が訊いた。

「六十三、いや、もう四になったかな」

「六十四ですか」

兄貴がそう言って、もう一度、弟を見た。いかにも弟を思いやる兄の顔だった。双子でもやはり、兄と弟の関係は生まれるのだろう。

「じゃあ、話してもらえますか」

弟がようやく決心した。

十一

それから数日後である——。

薬師堂の縁日支配——これが正式名称らしい——である民蔵が、卯右衛門とともに立派な菓子折りを持って桃太郎の長屋にやって来た。

「おう、うまくいったのかい？」

桃太郎が訊くと、民蔵は逆八の字だった眉を平らに近づかせて、

「いやあ、うまくいったのなんのって、浜田屋のあるじも泣いて喜びましてね、これからは兄弟二人が浜田屋を支えてくれる、こんなありがたいことがあるだろうかって、まあ、そばにいたあっしももらい泣きしてしまったほどでして」

晴れやかな顔で言った。

「そいつはよかった」

「あっしもいままでは植木屋を叱るばかりで、こんなふうに人を喜ばせたというのは生まれて初めてでして」

「ほう」

「バチを当てるだけじゃないなと思いました。人さまのお役に立たないと駄目だなと、つくづくそう思いました」

「まあ、薬師如来は現世利益の仏さまだしな」

と、桃太郎は言った。

「そうなんですよ。それで、あっしもふと思ったんですが、もしかして愛坂さまってお人は、薬師如来さまが遣わした現世の生き仏であらせられるのではって」

民蔵はそう言って、いまにも拝み出しそうにするので、

「おいおい、勘弁してくれよ。わしは昔から皆にワルと煙たがられてきた男だぞ」

と、桃太郎は大いに照れまくったのだった。

第二章　当たらなかった男

一

「ほら、桃子。面白いのがいるだろう」

と、抱いたままの桃子に、桃太郎は言った。

卯右衛門のウサギと亀を見せてやろうと連れてきたのだが、すぐ近くなのでおんぶしたりしない。そもそも近ごろは、おんぶより抱っこされるほうがよくなってきているみたいなのだ。まもなく歩くようになると、抱っこも嫌だと言うようになるのだろう。それはそれで寂しい。そして終《しま》いには、「じいじ、歩くと危ないよ。ほら、あたしがおんぶしてあげる」とか言われるようになると思うと、寂しいを通り越して情けない。

「ウサちゃんだぞ、ウサちゃん」

ウサギのほうに近づけてやると、桃子はモミジみたいな小さな手で、丸まった背中をしきりに撫《な》で始めた。

「怖がりませんな」

後ろで卯右衛門が言った。

「うむ。わしに似て、生きものが好きみたいでな」

屋敷の男の孫たちは、誰も生きものに興味を示さない。いちばん上の孫は、子どものとき虫をくっつけると、小さな鬼でも見たように怯《おび》え、大泣きをした。

「男のくせに虫ぐらいいなんだ」と、背中に入れてやったら、嫁の富茂《とも》にもの凄《すご》く嫌な顔をされたものだ。

その点、桃子は虫もまったく平気である。

「ほら、こうしてやる」

勝手に触れられるように、桃子を地面に座らせてやる。

「おやおや、ウサギの糞《ふん》に気をつけてくださいよ。甘納豆に似てるので、口に入れちゃうかもしれませんぜ」

言ってるそばから、桃子は糞をつまんだ。

「おっとっと」

桃太郎が慌てて取り上げると、桃子は興味を持ったものを奪われたと思ったらしく、べそをかいた。

「お、泣くな、泣くな」

「そうだ。桃子ちゃんに、本物の甘納豆をあげましょうか？」

「いやいい。ますます区別がつかなくなる」

今度は桃子の目が、池の表面に顔を出した亀のほうを向いた。

「あくあく、ぷっぷ」

亀を指差しながら、桃子は言った。

「なになに、摑《つか》みたいのか？」

手を伸ばして、亀を摑みたいらしい。

「卯右衛門。亀は嚙まないか？」

「スッポンじゃないから嚙みませんよ」

桃太郎は亀を摑み、桃子の膝のところに置いた。その亀の甲羅も、いかにも可愛がるように撫でている。

「そういえば、中山先生のエレキテルが消えたそうですな」

と、卯右衛門は言った。あれだけ町方の連中が来て大騒ぎしていったのだから、噂が回らないわけがない。

「そうなんだ。あんな大きなものがどうしたら消えるんだと思うくらいだぞ」

「亀みたいなかたちでしたでしょう？」

「あんたも見たのか？」

「ええ。以前、びりびり痺《しび》れさせられましたよ。まったく中山先生も、奇妙《きみょう》奇天烈《きてれつ》なものをつくりましたな」

「そうだったのか」

「あれは、自分で動いたんじゃないですか。そうとしか考えられないでしょう」

「ううむ」

桃太郎はなんとも言えない。そうかもしれないが、しかしあんな大きなものが自分で動くだろうか。

「あ、そういえば、うちの店子《たなこ》が大きな亀を見たという話が」

と、卯右衛門は急に言った。

「大きいってどれくらいだ？」

「さあ。あんな大きい亀は見たことがないと言ってました」

「越前堀《えちぜんぼり》です。亀島橋《かめじまばし》のたもとって言ってました」

「どこで?」

ここからもそう遠くない。

「いつ?」

「昨日です。まさか、それが?」

「よし。見に行ってみよう」

なにかあるとまずいので、桃子は珠子に返してから行くことにした。まだ亀と遊びたそうなので、しばらく貸してもらうことになった。

卯右衛門とともに堀を眺めながら、亀島橋に向かう。

「亀は長生きするというから、大きくなっても不思議はないわな」

歩きながら桃太郎は言った。

「甲羅があるから長生きなんですかね。危険から身を守れますでしょう」

「そんなこと言ったら、貝も硬い家のなかにいるが、別に長生きはしないのではないか」

「あれは海のなかだからわからないのですよ」

「じゃあ、かたつむりは?」

「かたつむりだって見た目じゃわかりませんよ」

「ツノが生えるくらいだから、意外に長生きなのかもな」

くだらない話をしているうち、亀島橋に着いた。

橋の欄干に取りついて、身を乗り出すように周囲を眺める。しばらく目を凝《こ》らすうち、

「あ、いた」

水のなかから亀が姿を見せた。あまり上手そうな泳ぎではない。甲羅が重いのかもしれない。それでもどうにか岸に近づいている。

「いましたね」

「確かに大きいが、本物の亀だな」

二尺ほどで、エレキテルはもっとずっと大きかった。

「海亀でしょうか？」

「だろうな。だが、砂浜に卵を産むと聞くが、ここらに砂浜なんかないだろう？」

「いや、そこに」

と、卯右衛門が指差したあたりは、河岸の端っこで、葦《あし》が生え、一坪ほどの砂浜ができていた。

「なるほど。あそこで産卵するのか」

子どもが生まれるころ、桃子を連れて来たいものである。

二

亀島橋からの帰り道、

「ちょっと横道に逸《そ》れてしまいましたが、じつは愛坂さまにご相談したいことがあったんです」

と、卯右衛門が言った。

「なんだ。階段の柵をつくる大工が見つからないとか言うのか？」

「違います。それは、今日、明日にでも珠子さんのところに伺《うかが》うはずです。話というのは、あたしの別の長屋の店子のことなんですがね」

「また、変なのが入ったのか？」

前の長屋もそうだった。弥兵衛《やへえ》という大家が、わざわざ変なのを選んで入れているのではないかと思ったくらい、妙な店子ばかりだった。近所からは〈かわうそ長屋〉と呼ばれていたものだ。もっとも、いまとなれば懐かしい。

「それが、富くじに当たったという男がいるんですよ」

「ほう。運のいいのがいるもんだな」

「皆、羨《うらや》ましがってますよ。近ごろ、品川から引っ越して来た修次《しゅうじ》っていう刀《かたな》鍔《つば》の職人なんですが、先月、目黒不動《めぐろふどう》の前を通りかかったとき、富くじをやっていたんだそうです。それで、なんの期待もせず一枚買ったところ……これが当ったらしいんです」

江戸では、ほうぼうの寺や神社で富くじをやっている。なんでも、江戸中の富くじをぜんぶ買うには、三日に一度は買わないと網羅できないらしい。そのなかでも、目黒不動の富くじは有名である。

「一等かい？」

ちゃんとした神社や寺の富くじだと、一等はたいがい三百両になる。

当たったらたいがいは、いまごろ吉原《よしわら》で豪遊か、お礼の伊勢《いせ》参りにでも行っているのではないか。

「いや三等の百両だったみたいです」

「百両か」

長屋の一人暮らしなら一生食っていける。

ちょっとした商才があれば、それを倍にすることもできるし、商売を始めて暮らしを豊かにすることもできる。

「羨ましいのう」

「なにをおっしゃいます」

卯右衛門は笑ったが、桃太郎は本気である。百両を桃子が大人になるまで利子がつくところに預けたら、心配もだいぶ軽減する。

「じゃあ、修次はいま、百両を持って長屋にいるのか？」

だとしたら、物騒である。

「ふつうだと、床下に埋めるか、天井裏に隠すかしそうですよね」

「いや、居職《いじょく》だったらつねに手元に置き、遠出するときは、腹巻のなかにでも入れて行けるかな」

「そうなんです。出るときに、腹がふくらんでいたと言っていた店子もいます」

「狙われるだろうよ」

「ところがですよ、これはあたししか知らないんですが、じつは修次は富くじに当たっていないんです」

卯右衛門は声を落とし、怖い怪談でも語る調子で言った。

「なんだ、それは？」

桃太郎も、少しゾッとした。

「あたしの親戚に、目黒不動の近くで小間物屋をやってるのがいて、こいつのところで富くじを売ってるんです。ですから、自分のところで売った富くじに当たったやつはすべて書き留めているんですが、今年、百両当たったのはほかのやつだというんです」

「では、三等ではなく、一等とか二等だったりするのではないのか？」

「それも違います。刀鍔職人の修次なんてのは、今年の富くじではどれにも当たっていないと。去年も違いました」

「ふうむ」

「なんだって、当たったふりなどするんでしょう」

桃太郎はしばし考えて、

「でもな、世のなかにはそういうやつはいるぞ」

と、言った。

「いますか」

「ただ、他人から注目されたいだけなんだ。酒を飲んでるとき、女の気を引きたくて、そんなことを言ったけれど、あとでごまかしようがなくなり馬鹿にされたりするんだ」

武士にだっている。今度、加増があり、おれは八百石になったなどとホラを吹いたやつもいた。どうせばれるような嘘をなぜつくのか。虚言癖《きょげんへき》というのは、もしかしたら病気に近いのかもしれない。

「そういえばあたしも、吉原に行って、おれんとこは創業千三百年の老舗《しにせ》のそば屋だとか言ったことがありますな」

「なんだな」

「千三百年前というと、ここらは海のなかだったそうです」

「あっはっは」

「でも、駄法螺《だぼら》を吹くような男じゃなさそうなんです」

卯右衛門がそう言ったとき、ちょうど二人は坂本町《さかもとちょう》のところまで来ていた。

三

「修次ってのがいるのは、どこの長屋だ？」

と、桃太郎は訊いた。

「愛坂さまの長屋とは、塀を挟んだ反対側でして」

「なんだと。下手したら、あるはずのない百両を狙ったやつが塀を乗り越えて逃げて来るかもしれないぞ。そのとき、珠子のところにでも飛び込まれたら、桃子に危険が及ぶかもしれないではないか」

あてにした金がなかったりすると、逆上してなにをするかわからない。

「ああ、そういうことも絶対にないとは言えないですな」

卯右衛門は、しゃあしゃあとそういうことをぬかした。

「なんてことだ」

これでは関わらざるを得なくなってしまった。まったく卯右衛門の話など聞かなければよかったと思う。

「愛坂さま。お礼はしますので」

「礼などいらぬ。まずは、どういうやつか見てみようか」

「ご自身の目で確かめられますか？」

「そうしよう」

桃太郎はうなずき、案内を促した。

「修次というのは、いくつなのだ？」

「三十四でしたな」

「独り者なんだな」

「ええ」

「近ごろと言っていたが、いつ入ったんだ？」

「ふた月前です」

まだ新入りである。

長屋の路地に来た。ここは桃太郎のところと違って、表店《おもてだな》の真裏になっていて、まったく陽も差していない。路地のところに一点だけ、丸く陽が差したところがあり、なにかと思って上を見ると、火の見櫓《やぐら》の上に鏡がくくりつけられている。あそこに当たった陽の光が、ここに反射するのだ。

「妙なのがあるな」

「ええ、ちっとくらい陽が差すようにしてやろうと思いましてね。これだけでも、路地の湿気は多少抜けるんですよ」

大家としての思いやりらしい。ささやかだが、温かみのある配慮ではないか。

「向こうから二軒目です」

と、桃太郎はさりげなく修次の家の前に近づいた。

「うむ」

修次は座って仕事をしていた。桃太郎は足を止め、

「ほう。そなたは刀鍔の職人か」

と、たまたま通りかかったように声をかけた。

「ええ、まあ」

修次はちらりと見ただけで、仕事の手は休めない。

「わしは近所に住んでいる者だが、刀の鍔は好きでな」

「そうですか。でも、お武家さまのそれはいいものですね」

修次は、桃太郎の刀の鍔を見て言った。

「そうかな」

あまり装飾過多のものは好きではない。いざというときは、ここで刃を受け止めるのである。桃をかたどってはいるが、つくりは頑丈である。

「しっかりしています。剣術のほうもかなりの腕前とお見受けしました」

「なあに。それで、どこかに納めているのかな?」

「ええ。銀座《ぎんざ》の武州堂《ぶしゆうどう》さんから注文をいただいています」

大きな武具屋である。

「ほう。では、そのうち頼むかもしれぬが、その節はよろしくな」

桃太郎がそう言うと、修次は黙って頭を下げた。

路地から出て来た桃太郎に、

「どうでした？」

と、卯右衛門が訊いた。

「職人としての腕は良さそうだ。だが、面構《つらがま》えは職人ぽくないな」

苦み走ったいい男である。

背丈もあるし、筋肉も発達している。喧嘩《けんか》をやったらかなり強いだろう。見えるところに彫物も傷もなかった。昔やくざだったというふうでもない。

「富くじのことは？」

「そんなことは訊けぬだろうよ」

「ですよね。あ、ちょうどいいのが来ました。同じ長屋の鋳掛《いか》け屋の辰吉《たつきち》です」

大家が指差したほうから、いかにも暢気《のんき》そうというより間抜けそうな男が、爪楊枝《つまようじ》を咥《くわ》えたままやって来た。

「お、こりゃまた大家さん。昼間っから店賃の催促はなしですぜ」

「そうか。お前、まだだったか？」

「やだなあ。昨日、届けたじゃないですか。余裕があるから、わざと言ってみたんですよ」

「そうなのか。それよりも聞いてるかい？　誰か、うちの店子が富くじで百両当たったって話を」

「聞きましたとも。羨ましいもんですぜ。刀鍔の修次ですよ。あの野郎、ついてなさそうな面してるけど、とんでもなく運のいいやつだったんですね」

「お前が直接、訊いたのかな？」

と、桃太郎がわきから訊いた。

「ええ。訊いたんですが、ただ、はっきり当たったとは言っていないんです。うまくぼかして、相手に言わせ、それを否定しないだけ」

「じゃあ、ほんとに当たったかどうか、わからないではないか」

「いやいや、あれは当たってますって。あっしは、腹巻のなかでカシャカシャいってる音も聞きましたし、警戒してるのが見え見えですから」

「ふうむ」

辰吉を見送ると、今度はおしゃべり好きのお砂《すな》という女が路地から出て来た。

この女は桃太郎も見覚えがある。四十近いが、亭主に死なれた一人暮らしで、近くの旗本の屋敷で飯炊きや掃除をしている女である。とにかくおしゃべりで、この界隈《かいわい》のことならなんでも知っていて、なんでもしゃべって歩く。皆からは「町内瓦版《かわらばん》」と綽名《あだな》されていた。

「あら、大家さんに、桃子ちゃんの殿さま爺《じい》ちゃん」

馴《な》れ馴《な》れしい口調でお砂は言った。

「なんだ、愛坂さまを殿さま爺ちゃんとは」

卯右衛門はたしなめた。

「だって、いつも背中に……」

「まあ、いいではないか」

と、桃太郎は卯右衛門をなだめ、

「それより、あんた、修次の噂は聞いたか？」

「富くじに当たったたって話ですか？」

「ああ」

「聞きましたよ。修次さん、いいわよねえ」

合わせた手のひらを、片方の頬につけて言った。

「おごってもらったりもしたのか？」

「そういうのはしないでしょ」

「なぜ？」

「だって、そんなことしたら、近所中に知られ、泥棒を呼び寄せるようなものでしょう」

「…………」

お前が言って回って呼び寄せるだろうと言いたい。

「百両は見たのか？」

と、桃太郎はさらに訊いた。

「見てはいませんが、金の匂いはしましたよ」

「匂い？」

「なんかこう、光くさいって言うか。嗅《か》いでると、鼻の奥が乾いてくるんです」

「そうか。であれば、修次はこれから女にもてるだろうな」

「でも、富くじなんか当たらなくても、もててましたから」

「そうなのか」

「だって、いい男だし、職人の腕もたしかなんでしょ。嫁にしてもらいたい女は山ほどいますよ」

「ほう」

「もちろん、あたしもその一人。でも、逆に百両なんか当たったから、高嶺《たかね》の花になっちゃったわね」

「なるほど」

「がっかりですよ。ほんと、富くじなんか、当たらないで欲しかったわ。じゃ、あたしは忙しいんで」

と言った。働き先の旗本の屋敷に向かうらしかった。ほんとにがっかりしているようだった。

「愛坂さま。お砂が言ったあれですかね」

「なにが？」

「もて過ぎるので、もてなくなるように嘘をついた」

「そんな馬鹿な。もてなくするなんてことは、いちばん簡単だろうが。幻滅させればいいのだから」

「そうか。確かにそうですよね」

では、やはり修次は病気に近い虚言癖なのか。

四

修次の長屋から、入ったほうとは逆のほうに出てみた。こっちには来たことがないので、いちおうどうなっているのか見ておきたい。

出たところが大名屋敷の脇道になっていて、そのなかほどで一人の男が腕組みしながら塀を睨《にら》んでいた。

――ん？

桃太郎は足を止め、男のすることを見つめた。男は次に、手を伸ばして塀の高さを確かめているようだった。

「怪しいやつですね」

隣で卯右衛門が言った。

「いや、怪しくない。わしのよく知っている男だ」

桃太郎はそう言って、

「おい、伝次郎《でんじろう》」

と、声をかけた。

前の長屋でいっしょだった、秘密で南町奉行の手伝いをしている伝次郎だった。

「あ、愛坂さまでしたか」

伝次郎は笑顔で近づいて来た。

「なにか、あったのか？」

「あ、いや」

卯右衛門をちらりと見た。迂闊《うかつ》なことは言えないという表情である。

「この者なら大丈夫だ。大家で、珠子ともども、いろいろ世話になっておる」

「そうでしたか。じつは、この近所の大名屋敷に盗人《ぬすっと》が入ったとか、いま狙われてるという話がありましてね」

「そういう話はどこから入るんだ？」

「仲間がここらで盗人らしき男を見かけたそうなんです。入りたそうにしてたと」

「入りたそうにしてたというのは面白いな」

「そいつは、品川で評判だった怪盗蝙蝠《こうもり》小僧《こぞう》ではないかと」

伝次郎がそう言うと、

「蝙蝠小僧！」

卯右衛門が声を上げた。

「なんだ、卯右衛門、知り合いか？」

桃太郎が訊き、

「知ってるのか？」

伝次郎が問い詰めた。

「いやいや、知り合いなんかじゃありませんよ。ただ、去年、品川《しながわ》に長屋の連中と潮干狩りに行ったとき、調子に乗って土蔵相模《どぞうさがみ》ってとこに上がってしまいましてね」

「有名な遊郭《ゆうかく》ではないか。そなたも隅に置けないな」

「また、そういうことを。付き合いで仕方がなかったんですよ」

「言い訳はいい。それで、どうした？」

「ええ。そこで噂になっていたんですよ。品川にある大名屋敷が片っ端からやられてるって。たいした凄腕みたいですぜ。それで、蝙蝠小僧は盗みを終えると、この土蔵相模でしばらく豪遊するんだって」

「なるほど」

桃太郎がうなずくと、

「そういう遊び好きの野郎みたいです、蝙蝠小僧は」

と、伝次郎は言った。

「そんなのをのさばらせたら、町方も立場はないわな」

「でも、まあ、品川あたりは周りが田んぼだの畑になってますからね。江戸のど真ん中には容易に入り込めないでしょう」

「それはわからぬぞ。逆に大店なんかより武家屋敷のほうが不用心だからな」

目付時代、盗人騒ぎはずいぶん経験している。盗んだのも盗まれたのも旗本だったことさえある。

しかも、武家は入られたこと自体が屈辱だから、隠し通したりして、調べはかえって面倒になったものだ。

「でも、八丁堀《はっちょうぼり》ですぜ」

「だからこそ油断しきっているかもしれぬぞ」

「愛坂さまに言われると、だんだんそんな気がしてきますよ。それに、ここらは意外に大名屋敷があるんですね」

伝次郎は周囲を見回して言った。

「そうだな」

楓川《もみじがわ》沿いに、四つ並んでいる。敷地は、三千坪から九千坪くらいだろうが、広すぎるより、これくらいのほうが、泥棒が逃げるのにも都合がよさそうである。あまり広いと、盗んだあと、敷地の外に出るまでに、犬に追われて嚙《か》みつかれたりする。

「では、なにかお気づきのことがあったらぜひ」

「うむ。知らせよう」

伝次郎はいなくなった。

伝次郎を見送ってから、

「待てよ」

と、卯右衛門は首をかしげ、

「まさか……？」

不安そうな顔になっている。

「なんだ？」

「あっしも自分の店子を疑ったりはしたくないんですが、いまの話で嫌なことを思ってしまいました」

「それは、わしがちらりと思ったことと同じかもな」

「そうなので？　修次は、じつは蝙蝠小僧で、大名屋敷で盗んだ金を、富くじで当たったと思わせようとしているんじゃないかと思ったんですよ」

「むふふ」

桃太郎は思わせぶりに薄く笑った。

「やっぱり、そう思われましたか？」

「その筋も考えた。であれば、まだ盗んでおらず、盗んだときの伏線を張っているのかもしれぬな」

「いやあ、それに違いありません。やはり、さっきのお知り合いにも話したほうがいいのでは？」

「そうだな。話しておこう」

桃太郎はいったん長屋にもどり、そのあと、ここから遠くない伝次郎の家に行ってみることにした。

五

桃太郎が長屋にもどってみると、珠子の家に大工が来ているようだった。柵をつくってくれているのかと、のぞいてみた。

六十くらいの白髪《しらが》の男である。卯右衛門によれば、以前は棟梁《とうりょう》だったが、いまは倅《せがれ》に譲り、自分は家の修理など簡単な手間賃稼ぎをしているという。ただし、腕は保証付きだとのことだった。

「ご苦労だな。代金はわしのほうに言ってくれ」

「いえ。卯右衛門さんからすでにいただいてますので」

「そうなのか」

卯右衛門はそそっかしいところがなければ、文句のつけようがない大家なのだ。

「ちょっと図面を描きましたのでご覧になってください」

と、元棟梁は紙を広げた。

「どれどれ」

「簡単に開け閉めできる格子戸ですが、この上のところをずらすと、開けられなくなります。お嬢ちゃんには届きません」

　と、仕掛けを解説した。

「うん、いいではないか」

「寸法を取りましたので、あとは家で仕上げて、持って来て嵌《は》めるようにしましょう。ここでやってると、お嬢ちゃんが見に来たりして、危ないんでね」

「気を遣ってもらって、すまんな」

「いいえ。卯右衛門さんからも、なによりもお嬢ちゃんの無事を考えるようにと言われましたのでね」

「そうか、そうか」

　嬉しい大家ではないか。

「ところで、卯右衛門さんの店子が富くじを当てたそうですな」

「ああ、そうらしいな。おやじさんも坂本町かな？」

「いえ、あっしは向こうの北島町《きたじまちよう》なんですがね」

　北島町は、町方屋敷が並ぶほうである。

「ほう。噂はけっこう広まっているのだな」

「羨ましいけど、持ちつけないものを持つと、気が休まらないでしょうに」

「だろうな」

元棟梁は、珠子からも帰りの飲み代をもらって、嬉しそうに帰って行った。

「おじじさま。さっきの富くじの話は本当なんですか？」

「うん、まあ」

微妙な顔をしたのか、珠子はなにか察して、

「裏のある話ですか？」

と、さらに訊いた。

「そうなのさ」

桃子の安全のためにも珠子は知っておいたほうがいいと思い、ざっと説明しておくことにした。

「まあ、当たっていないのに当たったと」

「そうなんだ。それで卯右衛門は修次が蝙蝠小僧で、盗んだ金を富くじで当たったと思わせようとしていると言うのさ」

「蝙蝠小僧ですか。このあいだ、真田小僧《さなだこぞう》というのが出たばかりですのにね」

「そうなのさ。聞いたことはあるかな？」

「いいえ、ありませんね」

芸者はいろんなお座敷に出るので、世間の動静についても敏感である。

「気をつけるに越したことはない」

「おじさまも、修次って人が蝙蝠小僧だと？」

「いやあ、わしは逆のほうだと睨んでいる」

「逆のほう？」

「追いかけるほうさ。つまりおびき寄せようとしてるのさ」

「まあ」

「それはともかく、桃子に気をつけることにしよう」

「わかりました」

「わしは、いちおう伝次郎に話しておく」

そう言って、楓川の向こう岸、本材木町《ほんざいもくちょう》の伝次郎のいる長屋へ向かった。

事情を話すと、伝次郎がいますぐ顔を見ておきたいというので、桃太郎は卯右衛門長屋に連れて来た。

修次は一仕事終えたところなのか、煎餅《せんべい》を齧《かじ》って休んでいるところだった。

「あ、あれは」

一目見て、伝次郎はすぐに路地へもどった。

「知ってるのか？」

「品川の、修次って御用聞きですよ」

「やはり、そうだったか」

桃太郎の勘が当たった。

「愛坂さま。あっしは、お奉行の手下ってのは内緒にしてますので、愛坂さまが直接、お話しなされたほうが」

「わかった」

「あっしはそっちで待ってますので」

桃太郎は長屋の路地に入り、

「ごめん」

「あ、先ほどのお武家さま」

「ちと、内密の話じゃ。わしは、以前目付をしていた愛坂桃太郎という者で、南町奉行の筒井《つつい》和泉守《いずみのかみ》とも懇意にしておる」

「はあ」

修次はなにごとだとばかり、目を見開いている。いちおう、この先、正直に語らせようと、桃太郎は圧力をかけたつもりなのだ。

「それで、そなたが富くじで百両当てたらしいという話を聞いたのだが、いろいろほかの話も聞くうち、そなたは蝙蝠小僧を追う品川の岡っ引きで、おびき出すために嘘の噂を流したのではないかと推察した。どうじゃな？」

桃太郎は鋭い目で修次を見た。

「いやはや畏《おそ》れ入りました」

「当たっているか？」

「一つだけ違っています。じつは、あっしはもう岡っ引きではありませんで」

「そうなのか？」

「蝙蝠小僧を捕縛する際、大失敗をしましてね。野郎の帯に手をかけようとした寸前に、飛び出して来た猫を踏むまいと思ったものだから、ひっくり返り、それで逃がしてしまったんです」

「それは生憎《あいにく》だったな」

「あっしが追い詰めたのではなく、品川の顔役たちが追い詰め、最後の段のしくじりでした。それで、あっしは十手を返し、元の刀鍔の職人に戻ったわけで」

「なるほど」

「だが、悔しくってね。ここに来てからも、なんとかこの手で野郎を捕まえたいと。それで、最近になって、あっしが使っていた下っ引きが、この界隈で蝙蝠小僧を見たと報《しら》せてくれたんです」

「うむ」

「蝙蝠小僧は、以前もやはり、川崎大師《かわさきだいし》の富くじに当たったやつを狙ったことがありましてね。そのときは、結局しくじったのですが」

「しくじった？」

案外、間抜けなところもあるらしい。

「ええ。つまらぬものしか盗めなかったみたいです。それで、あっしも富くじに当たったという噂を流し、蝙蝠小僧をおびき寄せようと思った次第でして」

「だが、お前の顔を知っているのだろう。元岡っ引きの修次とわかったら、寄りつかないのではないか？」

「いや。知らないはずです。さっきも言ったように、品川の顔役連中が追いかけていたのを、急にあっしにお鉢が回った一件でしたので」

「顔は見られていないのか？」

「夜でしたしね。あっしは蝙蝠小僧の顔は見ましたが、向こうはあっしを見てないはずなんです」

「それにしても、命がけだな」

おびき寄せるなどというのは、やはり危険な方法である。

「ええ。ふざけた盗人でしてね」

「どんなふうにふざけてるんだ？」

「義賊気取りですが、とんでもねえ。逃げるとき、娘っ子を殺したこともありますしね。死ななかったが年寄りに大怪我させたこともあります」

「わしは土蔵相模で大盤振る舞いするという話を聞いたのだが？」

「それは本当です。金遣いは荒いんです」

「だが、それなら土蔵相模のほうから報せがなかったのか？」

「報せませんよ。女郎だって、怪しいと思っても、また来てくれると思うから、報せたりはしません」

「なるほどな」

「元は小田原《おだわら》生まれでしてね。藩の大身《たいしん》の屋敷を狙って味をしめ、二年前に品川に出て来たんです。品川には、お大名の下屋敷がいくつかありますでしょう」

「そうだな」

西国の雄藩があのあたりに下屋敷や抱え屋敷を持っている。参勤交代のときなども、江戸の手前にあのあたりに一つあると、なにかと便利なのだろう。

「それで、品川の女郎たちには、蝙蝠さんはそろそろ江戸に出るらしいぜ、などとほざいていたんです」

「なるほど。だが、百両につられて襲って来るのは、蝙蝠小僧とは限らないだろう」

それこそ、食い詰めた浪人者が、辻斬りまがいに襲って来るかもしれない。

「ですが、ここは八丁堀ですぜ。蝙蝠の野郎以外に、そんな大胆なやつはいないと思いますが」

「それはどうかな」

「ま、そんときはそんときです」

確かに別の手柄で、品川にもどれるかもわからないのだ。

「ところで、蝙蝠小僧って名はどこから来たのだ?」

「身の軽い野郎で、屋根から来て、ぶら下がってのぞいていたことがあったらしいんです。まさに蝙蝠ですよ」

「わかった。修次、今度はいつ出かける？」

「頼まれていた鍔ができ上がりましたので、今日の夜には武州堂さんに届けるつもりですが」

「金子《きんす》を懐に入れたふりでな」

「そういうことです」

「そなたの手柄を奪うつもりはない。ただ、わしの可愛い孫がこの近所にいるのでな。孫の身に危険が及ぶようなら、手出しさせてもらうぞ」

「わかりました」

桃太郎は路地に出た。向こうに伝次郎がいるが、まっすぐ向かわず、立ち止まって四方の気配を窺《うかが》った。

——誰か見ている。

どこかはわからない。いや、たぶん目か、耳か、なにかはそれを捉えているのだ。だが、頭がわかっていない。そういうことは、剣術遣いには、いや、桃太郎にはよくあることだった。

六

修次が陽が落ちてから長屋から出て来た。腹のあたりが重そうに膨らんでいる。さりげなく手を当てているのも、事情を知っていると、芝居をしているのがわかる。

「愛坂さま、行きますか？」

伝次郎が言った。

「うむ。もう少し離れてからつけよう」

修次が襲われそうな気がする。あの男は確かに身体は利きそうだが、人がいいのか、ちょっと危なっかしいところがある。

「助けてやることにしよう」

と、桃太郎が提案したのだった。

修次は楓川を渡らず、大名屋敷があるほうをまっすぐに歩いて行く。

半町ほど行かせてから、

「よし。行くか」

と、歩き出した。先を伝次郎が行き、桃太郎はさらに十間ほど後を行く。

風が冷たくなっている。

堀端の桜は、だいぶ葉を落としている。柳もまばらになっている。

枯れて落ちた葉は、道の隅でかさかさと鳴っているか、風にあおられて楓川に落ちていったりしている。

ぼんやり眺めたら、寂しい気持ちになるような、夜の光景である。

修次の足取りは遅い。いかにも襲って来いと誘っているみたいである。

まもなく楓川が八丁堀にぶつかる。まっすぐは行けず、弾正橋《だんじょうばし》を渡るしかない。

ここらは夜でも人が多い。

「帰りか」

「そうですね」

武州堂は銀座の一丁目にあり、修次の用もすぐに済んだ。

帰りも同じ道を通る。

横に長い伊勢桑名《いせくわな》藩の上屋敷がつづく。

狙うとしたらここだろう。長い藩邸の塀と、楓川沿いに立ち並ぶ桑名藩の蔵。

修次は提灯《ちょうちん》すら持たない。

「もう少し近づいたほうがよいぞ」

桃太郎は伝次郎に言った。

ところが、蝙蝠小僧はもちろん、ケチな盗人一匹も現れない。

ついに、修次は無事に長屋に着いた。

伝次郎は路地の外で待ち、桃太郎が一人で修次の家に来た。

「現れなかったな」

桃太郎は言った。

「いや、来たみたいです」

修次が悔しそうに言った。

「なんだと」

「ここを探して、金はないとわかったのでしょう。つくりかけの鍔が盗まれていました」

「鍔が……」

手みやげがわりにでもしたのか。

「一部に銀を使ってたので、そこそこで売れるかもしれませんが」

「売るかな……」

なにか違う気がする。そっちが狙いだったのではないか。

「愛坂さま。見張っておられたので？」

「まあな」

「ご無理なされず」

修次は労《いたわ》りの言葉をかけてくれた。

桃太郎は伝次郎のところに行き、

「蝙蝠小僧はこっちに入っていて、刀の鍔が盗まれていた」

「蝙蝠は、こっちにあると踏んだのでしょうか？」

「いや、違うな。わしらも見当違いをしていたようだ」

桃太郎は顔をしかめて言った。

「なにがです？」

「蝙蝠小僧はそもそもあいつの懐なんか狙っていなかったのだ」

「え？」

「品川でも似たようなことがあったらしい。川崎大師の富くじに当たったやつのところに入ったが、つまらぬものしか盗めなかったと言っていた。そこがそもそも違う」

「あっしにはなんのことかわかりません」

「蝙蝠小僧のゲン担ぎなのだ。運のいいやつのところに入り、運をもらうんだ。それから、本命のところに押し入ろうって魂胆だ」

泥棒というのは意外にゲンを担ぐのだ。目付時代もずいぶん目にしてきた。

「本命は？」

「お前が最初に警戒してたところだよ」

桃太郎は伝次郎の肩を叩いて言った。

七

次の晩である。

珠子は、今日は〈百川《ももかわ》〉のお座敷が入っていた。

同じ部屋に客が一人と、もう一人、見知らぬ若い芸者がいる。一人の客が二人の芸者を呼んだらしい。贅沢《ぜいたく》なことである。

「ふっふっふ。百川のごちそうを食べて、きれいな芸者二人に挟まれて、おいらは幸せ者だぜ」

　客は嬉しそうに言った。

　膳の上には、大きな鯛《たい》があり、上手に骨だけになっていた。

　芸者二人の前にも膳があり、料理が並んでいる。が、芸者は箸をつけず、そのまま折詰にしてもらうのだ。

「いいことでもあったんですか？」

　珠子が訊いた。

「いいことはこれからさ。出陣前に景気をつけようと、日本橋《にほんばし》でいちばんを競う芸者を二人呼んでくれと、女将《おかみ》に頼んだのさ」

「そうですか」

　すると、若い芸者が、

「日本橋でいちばんなんてとんでもない。珠子姐《ねえ》さんが断トツのいちばんで、あたしなんかその遥か彼方を追いかけてるだけですよ」

と、言った。謙遜しているふうではない。それより、心底、珠子に憧れているみたいである。

　この芸者は蟹丸《かにまる》といって、目下、売り出し中である。

芸者になったのは去年ではないか。〈春日井《かすがい》〉という置屋に、素晴らしい若い子が入ったとは聞いていたが、珠子はなかなかお座敷でいっしょにならなかった。蟹丸というのは妙な名だが、蟹が大好きで、それも食べるのではなく、見た目が可愛くてたまらないのだそうで、そこから採ったらしい。じっさい、帯に可愛い沢蟹の絵が散らしてある。

「ようよう、なかなか謙虚なことを言うじゃないか」

そう言った客は、愛嬌《あいきよう》のある顔立ちで、言うことも人懐っこい。それだけなら、悪い感じはしないが、どことなく気取ったふうでもある。

「本心ですよ」

「それにしても、やっぱり江戸は違うな。品川とは大違いだ」

「このあたりは初めてですか？」

珠子が訊いた。

「そうなんだよ。江戸といえば吉原なんだろうけど、もう、女なんか相手にしたくないんだよ」

「そうなんですか」

「これからは、芸者を口説かなきゃな」

「おやおや」

客は酒はこれ以上飲む気はないらしく、茶を所望《しょもう》した。それから窓の障子を開けさせて、二階から見える空を眺めた。

「月が隠れそうだな。蝙蝠が飛ぶんだよな、こういう晩は」

冗談でも言うみたいな調子で、客は言った。

「おや、なんかいいセリフですね」

「そうかい」

男が気分よく茶をすするようすを見ながら、

――このお客、怪しい……。

珠子は小首をかしげる。

着物を見ると、裏がついている。表地は粋な縞だが、裏地は黒い。しかも、その下に黒い股引《ももひき》を穿《は》いている。

――これって、着物を裏返して、尻《しり》をまくると……。

黒装束になる。

身体つきはいかにも敏捷《びんしょう》そうで、まともな暮らしで儲けた感じはしない。

昨日の昼、桃太郎から聞いた話を思い出した。

——こいつ、蝙蝠小僧だ。

この下には、桃子といっしょに愛坂桃太郎が来ている。なんとか報せる方法はないものか。珠子はすばやく思案して、

「唄にもあるんですよね、蝙蝠の唄が」

と、三味線《しゃみせん》を抱えて言った。

「唄に？」

「ええ、唄わせてもらいますよ」

と、窓辺に座って唄い出した。

〽蝙蝠が飛ぶ夜は
月もおぼろ
人影はうっすら
怪しい人じゃないのかい
忍ぶのさ
今宵はいい人のところにね

珠子の即興である。

蟹丸が妙な顔をしている。唄の文句が違うと思ったのだろう。隙を窺って目配せをした。勘もいいらしく、なにかあると察して、小さくうなずいた。

珠子は唄いながら、桃太郎にどうか気づいてくれと願った。


下の小部屋である――。

眠そうにしていた桃子だが、ぱっと起き上がり、ぱたぱたと窓のそばに行った。

「ああたん、ああたん」

「なに、おっかさんだって?」

ぼんやりしていた桃太郎も、桃子の後を追って、窓辺に来た。

すると、二階から唄が降って来ているのに気がついた。

「おう、おっかさんの唄だ。桃子、わかったのか」

「はふはふ、あうあうわ」

「うん。お前も知ってる唄だよな」

いっしょに耳を澄ませたが、

――ん？

唄の文句が違うのである。これは虫のすだく声に、恋心がなんたらかんたらという甘い唄なのだ。

「蝙蝠がだと？　ん？　怪しい？　忍ぶ？」

膝を打った。

「そうか、そういうことか」

すぐに桃子を抱いて帳場に行き、

「二階で珠子を呼んだ客はどんな男かな？」

と、女将《おかみ》に訊いた。女将はうまそうに食べていたぶどうを、桃子の口にも一粒入れてやりながら、

「ああ、初めての客なんですが、やたらと景気がいいみたいで、日本橋でいちばんを競う芸者を二人呼んでくれって」

「なるほどな。ちと、急ぎの用だ……」

と、若い衆を坂本町に走らせ、卯右衛門長屋の刀鍔職人の修次を急いで連れて来てくれるよう頼んだ。

八

修次が息を切らしながら現われた。さすがに速い。報せた若い衆もずいぶん速かったのだろう。

「愛坂さま」

すぐに、帳場が見える反対側の小部屋に入れた。

「間に合ってよかった」

間に合わなければ、一人で現場を押さえるつもりだった。

「蝙蝠の野郎がいるってのは本当ですか？」

「たぶんな」

「でも、愛坂さまは顔をご存じないはずでしょう？」

「うむ。勘のいい女が当たりをつけたようなのさ」

「はあ」

修次はまだ解《げ》せない顔をしている。

「お、来たみたいだ」

ちょうど目当ての客が上から降りて来た。

「うまかったぜ。芸者衆も素晴らしかった」

やけに愛想はいい。

「おーい、珠子、蟹丸。近々、また呼ぶからな。断わるんじゃないぞ」

二階に向かって声を張り上げた。

修次は細く開けた戸のあいだから、その男を見た。

「間違いありません。蝙蝠小僧です」

「ここで捕縛はするなよ」

暴れられたら、桃子が危ない。

「ええ、現場を押さえましょう」

と、修次は言った。

蝙蝠小僧は女将にも祝儀を握らせ、

「これは板前たちにだ」

と、たいそう気前がいい。

そこへ珠子が降りて来て、桃太郎を捜すようにしたので、帳場からは見えないほうの戸を開けて、手招きをした。

「お義父《とう》さん、やっぱりわかってくれたんですね」

「うん。よく報せてくれたな」

「いいえ」

「桃子を預ける。家までここの若い衆に送ってもらってくれ」

「わかりました。ほら、桃子、おいで」

だが、珠子に抱かれた桃子は、

「じ、じ、じいじ」

桃太郎の後を追いかけたそうにした。

だが、桃太郎は蝙蝠小僧の後を追って出て行った。

「あうあう、じっじっじ」

「なあに、見たいの。だったら、じいじの後を追いかけようか？」

離れて見る分には、危険はないだろう。

すると、後ろにいた蟹丸が、

「珠子姐さん、あたしも見たい」

と、言った。

九

蝙蝠小僧は百川がある浮世小路《うきよこうじ》を越後屋《えちごや》のほうに出ると、江戸の目抜き通りを鼻唄混じりで歩き出した。酒は飲んだようだが、足元はまったく乱れていない。盗みをやるのに、度胸がつく程度にしたのだろう。

日本橋を渡り、西川近江屋《にしかわおうみや》の手前を左に折れた。

「やっぱり、あそこらの大名屋敷を狙うんだな」

と、桃太郎は言った。

「ええ。愛坂さま、危ないことはあっしがやりますので」

修次はそう言って、懐に入れていた太い木の短刀を見せた。短刀には、大きな鍔までついている。十手の代わりだろう。

「うむ。では、危なくなったら手を貸そう」

月は半分ほどだが、薄い雲がかかっている。風は冷たいが、炭を熾《おこ》すほどではない。ということは、戸がカタカタ鳴っても不自然ではないし、夜番《やばん》の見回りの藩士も用心深くなるほどでもない。すなわち、盗みにはぴったりの夜なのだろう。

海賊橋《かいぞくばし》を渡って、坂本町を横切って行く。町家はすでに静まり返っている。

この先、新場橋《しんばばし》の前に、大名屋敷が二つ並んでいる。丹波綾部藩《たんばあやべ》の上屋敷と、肥後熊本藩《ひごくまもと》の下屋敷である。

「まあ、肥後のほうだろうな」

と、桃太郎は言った。上屋敷と下屋敷では、警戒の度合いがまったく違う。

「いや、野郎は大胆ですぜ」

修次は、確信があるように言った。

「ほう」

町家の並びから抜けたとき、蝙蝠小僧がなにやら身を揺さぶるようにした。すると、一瞬、姿が消えた。

「え？」

修次が慌てた。

「大丈夫だ。着物を裏返しただけだ。裏は黒地の仕事着だったようだな」

桃太郎は見て取っていた。

新場橋のたもとには辻番《つじばん》がある。たぶん綾部藩の藩士が詰めて、界隈の治安に務めているはずである。

だが、蝙蝠小僧は夜陰《やいん》にまぎれ、さっと二つの大名屋敷のあいだの細道に入った。

こっちも足音を忍ばせ、細道に入る。なかはほとんど真っ暗である。

「暗すぎるな」

と、桃太郎は言った。

「いや、あっしは大丈夫です」

「駄目だ。匕首《あいくち》を振り回されても見えぬぞ」

「その前に、首根っこを押さえます」

修次は聞かずに細道に飛び込んだ。

桃太郎は急いで辻番に駆け込み、

「元目付の愛坂桃太郎と申す。提灯を一つ、貸してくれ」

と、早口で言った。

「は。どうぞ」

わきにあった小田原提灯に火を入れ、桃太郎に手渡した。それを持って、細道の手前で向こうを窺った。

「てめえ、蝙蝠小僧！」

大声が響いた。

桃太郎が見ると、修次は綾部藩邸の塀を乗り越えようとした蝙蝠小僧に突進していくところだった。さっき見せた木刀を振りかざしている。

「なんだ、この野郎」

蝙蝠小僧はそう言って、高く飛び上がった。そのまま綾部藩邸からはみ出ていた木の枝を摑むと、足を縮め、次に伸ばしたときは、つま先で修次の頭を強く蹴《け》っていた。

「うっ」

修次の頭が大きくのけぞった。

すると足がふらつき、まっすぐ立っているのがやっとという状態になった。意外に強く蹴られたらしい。それでも、呻《うめ》くように、

「御用だ」

と、言った。

「御用だと。てめえ、町方か。だとしたら、死んでもらうぜ」

そう言って、片手で木にぶら下がったまま、懐から匕首を取り出した。

「まずい」
桃太郎はそうつぶやいて、提灯を持ったまま、細道に入った。
〽嫌よ　お月さん　後ろばっかり向いて
　素敵なお顔を　拝ませて
出鱈目《でたらめ》の唄をうたいながら、どんどん近づいて行く。
「なんだ？　酔っ払いか？」
蝙蝠小僧は木にぶら下がったまま呆気《あつけ》に取られている。
提灯を持った初老の武士が、千鳥足でこっちに歩いて来ているのだ。ここで泥棒と岡っ引きが捕物騒ぎになっているのも、まったく気づいていないようすだ。
　〽嫌よ　お星さん　数が多過ぎて
　　半か丁かも　わからない
ドラ声を張り上げ、どんどん迫る。

「爺い、来るんじゃねえ」

蝙蝠小僧は喚《わめ》いた。

それでも桃太郎は歩みを止めない。唄も止めない。一升くらい飲み干して、いかにもいい気分というように近づいて行く。

修次はまるで気づかない。ふらつく身体をどうにか、倒れないようにしているのが精一杯らしい。

「糞っ」

蝙蝠小僧はそのまま木にぶら下がっている。

桃太郎は、蝙蝠小僧の胸の内を読んだ。仕方なく通り過ぎるのを待ち、飛び降りざまに修次を突き殺して、今日は退散することにしたのに違いない。

桃太郎は、蝙蝠小僧に目を向けないまま、足の下を通り過ぎた。

ところが、その刹那《せつな》、桃太郎は身を翻《ひるがえ》すと同時に刀を抜き放ち、腕を返すようにしながら刀の峰で、蝙蝠小僧の足を打った。

ガキッ。

硬いものが割れたような音がした。

「うわっ」

激痛が走ったらしく、蝙蝠小僧は木から手を離し、上から落ちて来た。桃太郎はさらに、今度は刃を蝙蝠小僧の匕首に叩きつけた。

衝撃に蝙蝠小僧は匕首を手離した。

そのときはもう、桃太郎の刀の切っ先が、蝙蝠小僧の喉元に突きつけられている。

「動くなよ。おい、修次。蝙蝠をこいつの帯で縛りあげろ」

と、桃太郎は言った。ところが、修次はまだ、ふらふらしたままである。いちおう、蝙蝠小僧に摑みかかろうとするのだが、なにも見えていないような手つきだった。

こうしたようすを、細道の角で見ていた珠子は、新場橋たもとの辻番に飛び込み、

「お侍さんたち。捕物ですよ。お力添えを願います！」

と、声をかけた。

赤ん坊を抱いた美女の出現に、武士たちは一瞬、気を吞まれたようだったが、

「なんだ、どうした？」

「あそこで捕物です」

「お、さっきの御仁《ごじん》ではないか」

三人が飛び出して行った。一人は捕物道具である刺又《さすまた》を、もう一人は縄を持っていた。こうなったら、なんの心配もない。

「桃子、見た？　じいじ、強いねえ」

「じ、じ、じいじ、ちょいちょい」

まるでわかっているみたいだった。

十

とりあえず蝙蝠小僧は縛られたうえで、辻番に入れられた。

修次もようやく頭に加えられた衝撃が治まってきたらしく、しっかりした足取りになって、蝙蝠小僧の背中を押していた。

綾部藩邸に入ろうとしていたことを桃太郎は告げ、あとの処理は修次と辻番とに任せ、退散するつもりだった。

「愛坂さま。ありがとうございました」

礼を言う修次に、

「なあに、別段どうということは」

と、背中を向けた。

これまでの一部始終を珠子といっしょに見ていた蟹丸が、

「いい男ですねえ」

ため息とともに言った。

「あの元御用聞きが？」

珠子は訊いた。

「違いますよ」

「まさか、蝙蝠小僧？」

「なに言ってるんですか。あんなやつ、ただの泥棒じゃないですか。珠子姐さんのお義父さまですよ」

「え？　いい男？」

桃太郎はどう見ても、整った顔立ちではない。正直に言えば、だいぶ劣った顔立ちのほうだろう。それでも、「いい人」と言う人はいるかもしれない。相当なひねくれ者なのだが。しかし、「いい男」という言われ方は当たらない。

ところが、この若くて飛び切り可愛い売れっ子芸者は、

「いい男ですよ。あたし、ああいうお方に会いたくて、芸者になったんですよ」

と、大真面目な顔で言うではないか。

「いい男っていう言い方はちょっと……」

珠子は苦笑した。

「なんて言うんだろう。渋くて、でも深みがあって。喩《たと》えて言うと、そんなに大きくない池があるんですよ。苔《こけ》むした石が周りを囲んでいて、さらに芒《すすき》なんかも生えていたりして、すがれた感じの池なんです。でも、じつはそのなかに龍が潜んでいるんです。そんな感じかなあ」

「……」

龍が潜んでいるだろうか。確かに心を池に喩えれば、変なものはいるかもしれない。でもそれは、牙の生えた牛とか、育ち過ぎたガマガエルとかの類《たぐ》いではないか。

うっとり目を細める蟹丸の横顔を見ながら、

――エレキテルの騒ぎに加えて、なんだかもう一騒動起こりそう……。

と、珠子は思っていた。

第三章　牛の末裔《まつえい》

一

桃太郎が家の前に出て行くと、若い娘が路地に入って来たところだった。下駄履《ば》きだが、きびきびした動きで、着物の裾《すそ》がのれんを勢いよくめくるときのように翻《ひるがえ》った。

娘は桃太郎を見ると、

「あ」

と顔を輝かせ、軽くお辞儀をした。

「む」

桃太郎も会釈をかわす。

「先日はどうも」

と、娘はひきつった笑顔で言った。熱でもあるのか、火照《ほて》ったような顔をしている。しかも、見る見るうちに目が潤《うる》んできた。

「先日は？」

会った覚えはない。

「蝙蝠小僧を、愛坂さまがやっつけられたとき」

「あのとき？」

「珠子姐《ねえ》さんといっしょに拝見いたしました」

「そうだったか」

そういえば、いたような気がする。〈百川《ももかわ》〉でも、珠子ともう一人、芸者がいた。だが、あのときとはずいぶん感じが違う。

「素晴らしかったです。素敵でした。男のなかの男というのは、こういうお方なのだと思いました」

「なにを言うか。わしはただの、ろくでなしの爺《じじ》いだよ」

そう言って、路地から出て行こうとした。

「蟹丸と申します」

すれ違う前に、立ちはだかるようにして、娘は言った。

「蟹丸？」

狂言のワキみたいな名前である。

「芸者名です」

「あ、なるほど」

「ほんとの名は、千草《ちぐさ》と言います」

「あ、そうか」

こんなところで芸者の本名を名乗られても、一杯やるわけにもいかないし、ただうなずくしかない。

声が聞こえたらしく、桃子を抱いた珠子が顔を出した。

「あら、蟹丸、来てたの？」

「ええ。珠子姐さん、正式にご紹介してくださいな」

珠子は蟹丸に頼まれ、こちらに近づいて来ると、

「そりゃいいけど。お義父《とう》さま。こちらは〈春日井《かすがい》〉という置屋の芸妓《げいぎ》で、売り出し中の蟹丸さん」

「お見知りおきを」

蟹丸は口をきゅっと結び、ゆっくり頭を下げた。

「愛坂桃太郎だ。老い先短い隠居でな、友人や家の者からは、ワルだのワル爺だのと呼ばれているよ」

「まあ、素敵」

と、蟹丸は言った。

「なにが素敵なものか」

「珠子姐さん、あのことを言ってくださいよ」

「あのことって？」

「ほら、言ったじゃないですか」

「ああ、いいの？　お義父さま。蟹丸ったら、先夜のお義父さまのふるまいを見て、すっかりとりこになってしまったんですって。どんな役者の名演よりも素晴らしかったって。それで、ぜひ、お座敷に呼んで欲しいって」

「そうなのか」

桃太郎はぴんとこない。

十年前、いや現役の目付のころだったら、もっと喜んだかもしれない。ちょっとちょっかいでもと、下心を逞《たくま》しくもしたかもしれない。

だが、隠居してしまったら、どうもそっち方面のことも隠居したような気になってしまった。

若いとき、遊び足りなかった男は、歳を取って初めて恋をしたり、遊びを覚えたりすると、深みに嵌《は》まって抜けられなくなる。朝比奈留三郎の恋もそんなところがあった。

その点、桃太郎は浮き名もいっぱい流し、やり残したと後悔することもない。いまさら芸者遊びをするくらいなら、桃子のために少しでも貯めておいてやりたい。

あとはゆったり、昼間に人の少ない湯屋の風呂に浸かったり、盆栽に水をやったり、桃子と遊んだりして過ごしたい。

「じゃあな」

桃太郎は、まだ話したそうにしていた蟹丸に、そっけなく背を向けて歩き出した。

二

桃太郎は、駿河台《するがだい》の愛坂邸に向かった。

今日は、牛の乳を搾《しぼ》りに行く日である。家族は誰も飲まないし、飲んでいるのは家来のなかの数人だけだから、桃太郎が搾りに行かないと乳が張って可哀そうなのだ。

乳は桃子にも飲ませているが、桃太郎も飲むし、朝比奈にも勧めている。朝比奈は最初は嫌がったが、医者もいいと言ったので飲むようになった。

――まったく、あんなに滋養《じよう》たっぷりでうまいものを。

そういえば、さっきの若い芸者の蟹丸も、ちょっと顔色が悪かった。ああいう若い娘こそ、乳を飲むといいのだ。勧めてみようか――と思ったが、やっぱりやめたほうがいいと思い直した。

下手に関わると、深入りしてしまうかもしれない。どうせ、若い娘の調子のいいお愛想《あいそ》なのだ。あるいは、芸者の客引きで、爺いのなけなしの金を毟《むし》り取ろうというのだ。

——それにしても、愛らしい顔だちの娘だった……。

かつて、あんな顔立ちの女と恋に落ちたことはあっただろうか。桃太郎は、恋の相手となった女たちの顔を思い出してみた。誰にも似ていなかった。細い眉《まゆ》が、ちょっと怒りを秘めたみたいな角度で上にあがっていた。だが、目はいたずら心をふくんだように、笑みをひそませて、下にさがっていた。その眉と目の調《ちょう》和は、盆栽の名品のように心地好いものだった。鼻のかたちもよかった。細い鼻梁《びりょう》だが低くはなく、先が少しだけ上を向いていた。口は食いものを欲しがるときの桃子の口元のように、ぷっくりしていた。色気はあるが、幼さを残していた。

——駄目だ、駄目だ。

思い出したりしては駄目だ。

なまじ一度くらいいい目にあったとしても、あとのことを考えたほうがいい。そういうことは、必ず世間にばれるのだ。五十八にもなった元目付が、死に際に一花咲かせようと必死になり、二十歳《はたち》前後の若い芸者に入れあげたと、世間で吹《ふい》聴《ちょう》されるのだ。後ろ指の一斉射撃を受けるのだ。瓦版に書かれたわけでもないのに、それは人の口の端《は》に上り、やがて噂は、駿河台の愛坂家に届けられる。そこで桃太郎が見るものは——。

妻の千賀《ちか》の嫌み。嫁の富茂の冷笑。倅《せがれ》の仁吾《じんご》の文句。三人の男の孫の、面白半分のからかい……。

それらにくじけない恋を、いまさらできるだろうか。できるわけがない。

恋は遥か昔に見た花火だ。鮮やかな色は瞼《まぶた》の裏に残っているが、もはやスカとも音はしない。

そんなことを言い聞かせながら、鎌倉河岸《かまくらがし》を抜け、武家地に入りかけたときだった。

ふっと嫌な感じがした。

なにも見えていない。音を聞いたわけでもない。それでも身に危機が及びつつあるのを察知した。

真横だった。見る暇もない。転ぶように膝《ひざ》をついた。

矢が頭上をかすめた。勢いのある矢で、桃太郎の頭上を通り過ぎると、通り沿いの薬屋の壁に突き刺さった。

「申し訳ござらぬ！」

大声がして、若い武士がすっ飛んで来た。

「お怪我は？」

「大丈夫だ」

ムッとして桃太郎は言った。頭に突き刺さっていたら、いまごろ桃太郎の頭は、串の刺さった団子《だんご》みたいに、地面に転がっていただろう。

「身に合わぬ弓を引いてみたら、間違って放れてしまって」

見れば、わきは矢の稽古《けいこ》場である。

謝っているのは、生真面目《きまじめ》そうな若い武士だった。手にしているのは、いかにも強そうな弦の弓で、これではこの若造には手に余るだろうと思えた。

「ほんとに申し訳ありませぬ。どちらのご家中でしょう。詫びに伺います」

必死で詫びている。

「もう、よい」

桃太郎は鷹揚《おうよう》に言った。

「ですが」

「弓は腕だけではないぞ」

「そうなので」

「足腰も鍛えねば駄目だ」

「足腰を」

「これからは気をつけてくれ」

桃太郎はそう言って歩き出した。

「ご教授ありがとうございました！」

若い武士が後ろで頭を下げているのがわかった。

とんでもない事故に遭遇《そうぐう》するところだったが、桃太郎の機嫌は悪くなかった。

自分でも思いがけない反応の良さだった。

瞬時に身体《からだ》が動いた。

歳を取ると、いろんなところで身体が衰《おとろ》える。まず、筋力が衰える。それまで使っていた刀が重く感じられる。持久力というのも衰える。すぐ疲れてしまう。さらに身体が硬くなる。柔軟性が衰えるのだ。これらを意識しながら、つねづね身体を動かすようにしてきた。それで、どうにか衰えは食い止めている気がする。

いちばん難しいのが、敏捷性《びんしょうせい》、瞬発力が衰えることである。この衰えを防ごうと、できるだけ素速く動く稽古もやっているのだが、咄嗟《とっさ》のことに対応するというのは稽古が難しい。稽古というのは、次を予想できてしまう。予想したことに反応するのは、ただの型に過ぎない。

だが、さっきの動きを振り返れば、衰えは感じなかった。

逆に、歳を取って鋭くなっている部分もあるのではないか。勘。筋力でも、瞬発力でも鍛えられない。研《と》ぎ澄ますこと。それこそ、老いた武芸者だけができることではないのか。

歩きながら、元気が出てきた。

――これくらいなら、恋のひとつもしていいのではないか。

そう思ったら、またあの顔が浮かび上がった。このところずっと、思い浮かべるとしたら、桃子の顔だけだったのに。

「蟹丸、いや、千草ちゃんか」

ふと、つぶやいた。

にんまりしている自分に気づいた。

――おいおい。

恥ずかしくなって、桃太郎はそっと周囲を見回した。

三

門をくぐったところにある柿が実をつけていた。いつもより多く実をつけている。これは干し柿にするのだが、素晴らしく甘くなるのだ。

——桃子に持って行ってやるぞ。桃子にな。

すぐに家のなかには入らず、牛小屋に回った。

すると、中間《ちゅうげん》の松蔵《まつぞう》がいて、腕組みをしていた。

「どうした？」

「あ、大殿さま。これは、もうすぐ子どもが産まれますよ」

「え？　そうなのか」

驚くには当たらない。そのつもりで牡《おす》もいっしょに飼っているのだ。ここへ来たときは、仔《こ》を産んでまもなくだったから、そろそろ産まれても不思議はない。だいたい、仔を産まないことには、乳だって出さないのだ。

「乳の出が悪くなってます。これはお産のふた月前から始まると、花輪村《はなわむら》の海作《うみさく》が言ってましたから」

「そうか」

愛坂家の知行地《ちぎようち》は二カ所に分かれているが、花輪村というのは下総《しもうさ》にあって、海作はそこの村長の倅で、ここにもときどきやって来る。来れば、桃太郎も歓待し、江戸見物などもさせてやったりしている。

「どうします？」

「どうするって、まさか中条流《ちゆうじようりゆう》にやるわけにはいかんだろうが」

中条流は堕胎《だたい》専門の医者である。

「ですが、あっしらがちゃんとお産をさせられるか、自信がありませんよ」

松蔵は不安そうに言った。

「だが、これはもう何度もお産をしてるから大丈夫だって、海作も言っておったぞ」

「そりゃあ、海作は慣れてるからですよ」

「だったら、海作に相談するか。松蔵、花輪村に行ってくれ」

「わかりました」

ここからだと朝早く出れば、陽が落ちるころには着くことができる。向こうで一晩泊まれば、明日の夜にはもどって来られる。行けば歓待されるので、皆、花輪村に行きたがるくらいだった。

「だが、しばらくは乳もお預けだな」

桃太郎はそう言って、裏から屋敷に入った。

廊下を進むと、仁吾が庭先で刀の手入れをしていた。

「あ、父上」

「なんだ、いたのか？」

「ええ、今日は非番でして」

「どうだ、身体は？」

「薄紙《うすがみ》を剝《は》ぐようにと言いますが、ほんとに日ごとに少しずつよくなるのが実感できますよ。腕も動かなかったのがほら」

と、左腕をゆっくり肩のあたりまで上げた。

顔色など、見た目も元気そうである。

「十日ほど温泉にでも浸かって来るとよいのだがな」

「そんな暇はありませんよ。それより父上……」

と、仁吾は眉をひそめた。

「どうした？」

「老中《ろうじゅう》の日野日向守《ひのひゅうがのかみ》さまなのですが、例の話を蒸し返してきました」

「例の話？」

「ほら、幕臣は吉原《よしわら》など遊郭《ゆうかく》に立ち入ることを禁ずるというやつです」

「ああ、あれか」

桃太郎がまだ現役だった五年前に、老中になったばかりの日野が、その事案を持ち出し、大論陣を張った。

幕臣がああいうところに行くのは見苦しいばかりか、不祥事《ふしょうじ》も多いと。日野は、この数年であった吉原や品川《しながわ》などでの不祥事の数々を例に出し、

「これを厳しく禁ずるべきだ」

と主張したのだった。

「それが成功すれば、幕臣は年間数万両の知行を節約できるだろう」

とも付け加えた。

それに、老中一人に若年寄《わかどしより》一人、勘定奉行《かんじょうぶぎょう》二人が賛同し、桃太郎たち目付側にも賛成する者が出た。

これに対し、老中の池田忠邦《いけだただくに》が反対に回り、

「そういうことは各人にまかせるべきことで、表立って禁ずる必要はない」

とした。

「それに、幕臣もああしたところで世情をじかに眺めるのも大事なのでは」

と、これは不真面目と取られかねないおどけた調子で付け加えた。

もちろん、桃太郎は池田側である。そういったところに始終行っているわけではないが、堅苦しく縛られるのは息苦しい。そんな禁令に賛成するわけがない。

日野の主張はいったん優位になりかけたのだが、桃太郎が賛成に回った勘定奉行の、吉原での醜聞《しゅうぶん》をちらつかせ、結局、これを引っ込めさせることに成功したのだった。

「なんで、また、いまさら？」

と、桃太郎は訊《き》いた。

「いや、このところ、幕臣も町人もタガが緩んでいるという主張は強くなっているのです」

「ふうむ」

「こうした緩みが、異国にも伝わり、探索のための船が頻繁に出没するようになっているのだと」

「それは関係あるまい。世界中で動きが大きくなっているのだ」

桃太郎はそんな気がする。これは趨勢《すうせい》というものなのだと。

「ま、そこまではわかりませんが、つい最近では、吉原に借金をしていた旗本を四人ほど、改易に追い込んでいます」

「改易に？」

「また、借金の額も半端ではなかったのですが」

「だが、日野はそういうことを言うわりには、料亭遊びは盛んだぞ」

「それはいいのだそうです。料亭では政《まつりごと》の話ができる。だが、吉原で政の話ができるかと」

「屁理屈《へりくつ》だわな」

「そして、日野さまは、そなたの父は元気すぎるのではないかと、皮肉を言ってました」

「わしのことを？」

「なにかありましたか？」

「思い当たるとしたら、日野に可愛がられている北町奉行所の与力の件だな」

「喧嘩《けんか》でもしたのですか？」

「そんなことはないが、向こうはわしを鬱陶《うっとう》しく思っているのだろうな。それはともかく、そなたはどうするつもりだ？」

「もちろん日野さまの主張には反対しますよ」

「ほう」

「二度と言い出せないよう、こっちも池田さまを手伝って、論陣を張るつもりです」

仁吾も、意外に向こうっ気が強い。

「やれるのか」

「こっちにも味方はいますよ」

「英一郎《えいいちろう》は？」

朝比奈の倅である。

「もちろんわがほうです」

「そうか」

桃太郎も倅たちを見直す思いである。

「わしは無関係だ。隠居したし、もう政に口を挟むつもりはいっさいない。各方面によく言っておいてくれ」

「と言っても巻き込まれるのが政でしょう」

それには答えず、桃太郎は久しぶりに自分の書斎に入った。

東を向いているので、朝日がよく当たる。

書架《しょか》の前に立ち、寝しなに読む書物を選ぶことにする。

端唄《はうた》の本が数冊あった。習いごとをしたときに買ったものだ。

もしかしたら、蟹丸に喉《のど》を聞かせてくれなどと言われることもあるかもしれない。それを手にした。

ほかに、若い娘にひけらかすような、面白い逸話の本はないか。

「あった、あった」

写本だが、根岸肥前守《ねぎしひぜんのかみ》が書いた『耳袋《みみぶくろ》』も四、五冊、持っていくことにした。

今日は乳が搾れなかったので、なにかかわりのものを物色しようと思ったが、千賀が出かけているようなのでわからない。仕方ないので、室町《むろまち》あたりで桃子に卵焼きでも買って帰ることにした。

左手に牛小屋が見えている。

仔を宿している牝牛《めうし》と目が合った。いつもと変わらないつぶらな瞳で桃太郎を見て、

「もぉーっ」

と、のどかさより哀愁《あいしゅう》を感じさせる調子で一声啼《な》いた。

四

翌日である――。

「こちらに愛坂桃太郎さまがお住まいだと聞きましたが」

声がするので、二階の窓から下を見ると、知らない男が玄関口にいた。

「桃。客だぞ！」

下から朝比奈が呼ぶので下りていくと、

「愛坂さまで？」

桃太郎と同じ歳くらいか、小柄な身体で、着古した着物に軽衫《カルサン》を穿《は》き、刀を一本だけ差している。

「ああ、そうだが」

「鍋島三五郎《なべしまさんごろう》さまの紹介でして、山田舟右衛門《やまだふなえもん》と申します」

「ああ、鍋島の」

元同僚で、桃太郎たちより一年ほど早く隠居した。麻布《あざぶ》のほうに隠居所を建て、麴町《こうじまち》の屋敷にはほとんどもどらないと聞いている。なんでもそこでは、城にある文書の整理みたいなことを引き受けてやっているとのことだった。

「わたしはお城の文書係にいたのですが、半年前にお役を退きますと、鍋島さまから旗本の歴史をはっきりさせてはどうかと言われまして」

「旗本の歴史とな」

「じつは、旗本のお家でも系図がよくわからぬお家も多いのでして」

「わからぬというと？」

「たいがい、家康公《いえやすこう》に従って、江戸に出てきたころからはわかります」

「だろうな」

「その前あたりから急に怪しくなります。それで、たいがいは、藤原《ふじわら》の流れだの、平家《へいけ》の流れだのになっていきますが、どうも怪しいのです」

桃太郎はうなずき、こういうことは言うべきか言わぬべきかちょっとだけ考え、

「わしもそう思うぞ。あれは、たいがいはでたらめだろう」

結局、言った。

「でたらめとまでは」

「いや、それは皆、そうだ。大きな声では言えぬが、大名あたりもずいぶん怪しい。徳川家《とくがわ》だって、まあ、むにゃむにゃ」

そこはさすがに濁して、

「徳川家ですらそうなのだから、旗本なんざ、裏のどぶからわいてきたようなのが、うじゃうじゃいる」

江戸にはでたらめの系図書きがいっぱいいて、こいつらが、源義経《みなもとのよしつね》の子孫だの、平将門《たいらのまさかど》の子孫だのとしたのを、旗本どももこれ幸いと、そういうことにしてしまったのだ。

「ま、そこらのことはわたしも立場上、愛坂さまのようには言えぬのですが、そういうことがままあるので、もっとしっかりした系図をつくらせるべきだと」

「鍋島が言ったのか？」

「鍋島さまというよりは、もっと上のほうからのご発案のようです」

「だが、いまさらそんなものを調べて、お前のところは素性《すじょう》が怪しいとか言われても、どうしようもないではないか」

「いえ、怪しいと指摘したりはいたしません。別に、系図について嘘を弾劾《だんがい》するのが目的ではないのです。ただ、こっちのほうが正しいのではと提案するくらいのことはするかもしれません」

「ふうん」

桃太郎は、もう一度、この男を見た。いかにも細かそうな男で、おそらく史料の編纂《へんさん》などは好きでしょうがないのだろう。

「それで愛坂さまのお家の系図をつくらせていただきたいのです。鍋島さまは、愛坂さまのところはあまりはっきりしていないようだとおっしゃってましたので」

「そうなのだが」

「ぜひ」

「だが、いまさら昔の家系など辿《たど》れるのか？」

「長年、こうした仕事をしてきましたので、全国各地の史料もありますし、かなりのところまで辿ることができます」

「わしはなにもしなくてよいのか？」

「もちろんです」

「留。どう思う？」

桃太郎は、朝比奈に訊いた。

「そういえば、愛坂という名はあまり聞かぬな。わしのところは、系図もはっきりしているぞ」

朝比奈がそう言うと、

「そうですね。朝比奈家は駿河《するが》にいくつか系列がありますし、元を辿れば、藤原北家からきているはずです」

山田はそう言った。確かに詳しそうである。

「藤原北家か」

朝比奈は、嬉しそうな声を上げた。

「旗本にも、何家か、いらっしゃいますね？」

「うむ、おるな」

朝比奈はだんだん興味を持ってきたらしい。

「そうか。留のところはそんなにはっきりしてるのか。なんだか、わしは素性の怪しい人間みたいではないか」

と、桃太郎は言った。

「調べられるなら、調べてもらえばよいではないか」

朝比奈は、いかにも藤原家の末裔《まつえい》になったみたいに、余裕の顔で言った。

「そうだな。で、どうすればいい？」

桃太郎は訊いた。

「まずは、いまの愛坂家に残る古い書き付けなどを拝見させていただければと存じます」

「それはかまわぬが、わしがいっしょに行くのか？」

そんなことでいちいち駿河台に行くのは面倒である。

「いえ。お忙しいのであれば、その旨、一筆、お書きいただければ」

「わかった」

桃太郎はさほど興味もないのだが、調べさせることにした。

五

数日後——。

「ちょっとだけお訊きしたいことがありまして」

と、山田舟右衛門が再び訪ねて来た。

「うむ」

「愛坂さまは、お祖父《じい》さまの頼母《たのも》さまのことは覚えておいでですか?」

「ぼんやりとだが覚えておる」

「お身体は、痩《や》せていらっしゃいましたか?」

「とんでもない。でっぷり肥《ふと》って赤ら顔の男だったぞ」

「やはり、そうですか」

と、山田は紙になにやら書きつけた。

「祖父がどうかしたか?」

「いえ。お祖父さまの名前は、丑蔵《うしぞう》ですね」

「そうだ。別に丑歳生まれではなかったのだが、たしか曾祖父《そうそふ》は丑右衛門《うしえもん》だったはずだぞ」

「そうです。丑右衛門さまです」

「わしのおやじは、京太郎《きようたろう》といったがな」

「それは愛坂さまのお祖母《ばあ》さまが、京都から嫁に来られたからでは?」

「あ、そうそう。あの祖母は、いつまでも京育ちを自慢していたよ。だが、わしはなんで桃太郎なんだろうな」

「それは、お祖母さまの日記にありました。桃のように肥った赤子なのでと」

「ほう。よく調べたな」

祖母の日記があるなど、まったく知らなかった。やはり、たまにはこういう男に、家の史料を調べさせるのもいいのかもしれない。

「それと、お祖父さまは牛を可愛がっていませんでしたか？」

「祖父が牛を？」

意外なことを訊かれた。

「ご記憶にありませんか？」

「あ、ちょっと待て」

桃太郎は額に手を当て、

「あれ？　もしかして、あれは犬ではなく牛だったのか？」

急に、遠い記憶が甦《よみがえ》ったのだ。

馬小屋のわきに、小さな小屋があり、そこに小さな生きものがいて、幼かった桃太郎はそこに出入りしていた。

「あ、牛だ」

遠いぼやけた記憶のなかで、仔牛《こうし》がよく思い出してくれましたねというように尻尾《しっぽ》を振っていた。

「飼ってましたか？」

「ああ、一時期、飼っていたかもしれぬな。なぜだろう」

「おそらく、愛坂さまがねだったのでは？」

「わしが」

「子どものときから、牛が好きだったのだと思われます」

「わしは、いまも牛を飼っているぞ」

「はい。お屋敷に伺って、史料をお借りした際、拝見いたしました。旗本で、しかも江戸市中で、牛を二頭も飼っておられるのは珍しいです」

「そうだな」

「やはり、関係あるのかなと……」

山田はそう言って、ふいに眉をひそめ、首をかしげた。

なんだか嫌な感じである。

「だいぶ進んだのだろう？」

「ええ、まだ確定できるところまではいっていないのですが」

「わしもなんだか楽しみになってきてな」

「楽しみですか」

山田は何度も両目をぎゅっとつむるようにして、ため息をついた。

「なんだ、その顔は？」

「どうも、わたしが想像もできなかった事態になってきてまして……」

「なんだ、想像もできないとは？　わしの先祖は龍の化身だったとか？」

「いや、まあ、それに近いと言えば近いのですが」

俯《うつむ》いて、指で膝に字を書いているらしい。

なにか一文字らしいが、桃太郎はわからない。

「申せ」

桃太郎は静かな口調で言った。

「いや、まだ途中でして」

「系図なんざ、どこまでいっても途中だろうが。わかったところまで申せ」

「申し上げてよろしいものか」

「かまわぬ。怒らぬから申せ」

「愛坂というのは珍しいお名前です」

「わしもほかには知らぬな」

「ただ、京都の山科《やましな》の南に、かつて愛《あい》ノ坂《さか》という坂があったのはわかっています」

「では地名から出たのか」

「ただ、そのあたりは人が住んでおりませんで、牛を飼う牧場のようになっていたらしいのです」

「……」

牛が出てきた。

「その愛ノ坂の一つ手前には、奈良坂《ならざか》という坂がございまして、そこには奈良坂家がありました。奈良坂家はいまも栄えていて、『奈良坂家日記』というのは、平安京《へいあんきょう》のころからあのあたりのできごとを綴《つづ》った貴重な記録になっております」

「ふうん」

「また、あの近くにある寺には『山科昔日記《やましなせきじつき》』という、代々の住職が書き綴った、これも貴重な記録があります」

「なるほど」

「そして、これはその筋《すじ》では有名な書物なのですが、『京都天変地異物語《きょうとてんぺんちいものがたり》』という二百巻に及ぶ膨大《ぼうだい》な編纂書《へんさんしょ》がございます。この三つの史料で確かめられたことは」

「早く申せ」

「じつは、牛のようなのです」

山田は泣きそうな顔になって言った。

「牛？」

「はい」

「わしの先祖は牛だというのか？」

つい、声が大きくなった。

朝比奈を見ると、目を丸くしてこっちを見ていた。顔が赤い。笑いたいのを我慢しているようにも見える。

「そういうことが、先ほど申し上げました史料にも出ておりまして。愛ノ坂で飼われていた牛のうちの一頭が、突如、人に生まれ変わったと。それで、奈良坂家の人たちは驚き、不憫《ふびん》に思い、この子を育てたと」

「天から降臨した牛ということか？」

「いや、ただの牛の生まれ変わりのようなので……」

「なんと、まあ」

それ以外、声も出ない。

言った山田のほうも動揺していて、急に頭をかきむしり、

「そんな馬鹿な！」

「それはわしの台詞《せりふ》だ」

と、桃太郎は言った。

六

山田舟右衛門が、何度も詫びたあと、「まだ調べをつづけますから」と帰ったあと、桃太郎は珠子の家に来た。こんな奇天烈《きてれつ》な話は、誰かに話さずにはいられない。だが、卯右衛門あたりに話すと、町中の笑い者になる。珠子なら身内のことだから、そういう心配はない。

「……というわけでな」

隠すことなく、山田が言ったことはすべて語った。

「笑ってもいいですか？」

と、珠子は訊いた。

「かまわぬさ。わしだって笑いたいが、自分のことだからな」

っしょになって笑った。

「では、笑います」

と言うと、いきなりひっくり返り、腹を抱えながら、大笑いした。

縁側のほうにいた桃子もなにごとかと這《は》って来て、わけもわからないのに、い
っしょになって笑った。

珠子は涙をふきながら起き直り、

「それで、系図はどうなさるんですか？」

「どうにも仕方あるまい。いちばん上のところが牛で終わるだけだろうよ」

そう言って、今度は桃太郎が大笑いした。

「だが、わしに牛の血が入っていたら、桃子にも入っているぞ」

「そうですね。あら、まあ、桃子、どうしよう？」

桃子を抱き上げると、

「はぷはぷ」

と、仔牛のように涎《よだれ》を垂らした。

と、そこへ――。

「お邪魔します」

と、蟹丸が顔を出した。三味線を持っているので、珠子に稽古をつけてもらい

に来たらしい。

　蟹丸は、部屋に残っていた笑いの余韻《よいん》を感じ取ったらしく、

「なんだか面白いことがあったみたいですね？」

　と、すぐに訊いた。

「そうなの」

　珠子は、もう一度、目の端をぬぐってうなずいた。

「教えて」

「駄目ですよね、お義父さん？」

　珠子は桃太郎に訊いた。

「蟹丸は住まいはどこだ？」

「小船町《こぶなちょう》二丁目です。この前の火事では、幸いにも焼けなかったところですが」

「あのあたりならいいか」

　べたべたの町人地で、とくに知り合いもいない。

「あたし、言ってはいけないことは口が裂《さ》けても言いませんよ」

　蟹丸はすっと背筋を伸ばして言った。

「うむ。では、かまわぬ」

桃太郎が許すと、珠子はこみ上げる笑いをこらえながら、桃太郎の先祖を語った。

「牛？　あのモォーッて啼く？」

「ひひぃーんと啼く牛はおらぬさ」

「面白い」

蟹丸は、爆笑するよりは、珍しい因果話《いんがばなし》を聞いたみたいに面白がった。

「幻滅でしょ？」

珠子は蟹丸に訊いた。

「幻滅なんかしませんよ。牛、いいじゃないですか。おっとりして、悠揚《ゆうよう》迫らぬ感じは、まるで愛坂さまですよ」

「わしは、子どものころから落ち着きがないとはよく言われたが、悠揚迫らぬなんて言われたことはないぞ」

「ううん。危機に瀕《ひん》しても、愛坂さまは落ち着いていらした。蟹丸はそういうところはぜったい見逃さないんですよ」

「いろいろ苦労したのよね、蟹丸も」

珠子が慰《なぐさ》めるように言った。

「そうなのか」

「今度、機会があれば、愛坂さまにも聞いてもらいたい」

と、蟹丸は急に肩をすぼめ、しおらしくなった。

そのとき――。

路地を素知らぬ顔で、すっと通り過ぎた者がいた。桃太郎は見逃さない。北町奉行所の与力・森山平内だった。

奥に行ったが、もどって来ない。大方《おおかた》、聞き耳でも立てているのだろう。

桃太郎は立ち上がり、外に出た。

森山は、現われた桃太郎に、のけぞるようにして一歩下がった。

「どうかしたか？」

桃太郎は訊いた。

「いえ。中山中山はもどっておりませぬな？」

「そんなことは、見張りをつけているのだから、わかっているだろうが」

長屋の路地には入って来ないが、人の出入りが見えるところにいつも下っ引きらしき若い男がいるのは、桃太郎も察知している。

「それはそうですが。そういえば、先日は、蝙蝠小僧という品川の盗人《ぬすっと》を捕縛するのにご協力いただいたそうで」

「そうだったかな」

誰に聞いたのか、桃太郎まで見張られていると思うと、やはり気分が悪い。

「われわれには、辻番《つじばん》からの連絡も入りますぞ」

「なるほど」

「その件については、お礼を申し上げておきます」

「その件についてはな」

桃太郎がつぶやくと、森山平内は予定より多い布施《ふせ》を出してしまったような顔で、長屋の路地を出て行った。

七

その翌日である——。

「いやあ、愛坂さま、よかったです」

と、朝早くから山田舟右衛門が現われた。

「なにがだ？」

「牛の件です。あのあと、さらに山科界隈《かいわい》の古文書《こもんじょ》を調べましたら、やはり本物の牛が突如、人になったわけではありませんでした」

「なんなのだ？」

「あの地に牛頭天王《ごずてんのう》を祀《まつ》る神社が創建されていたのです。それで、創建したのが、大和国《やまとのくに》の有力な豪族で、その最初の神官となった方が、愛坂家の始祖に当たるようです」

「そうなのか」

「その神社の系列は、いま、全国にあるし、向島《むこうじま》の牛御前神社《うしごぜじんじゃ》もそのひとつのようです」

「ふうむ」

桃太郎は別に嬉しくもないし、ホッとしてもいない。

「いやあ、よかったです。わたしもどうなることかと」

「ヒヤヒヤしたか？」

「ええ」

どこかで面白がっていたように見えたが、それは言わない。

「わしは、牛でもよかったがな」

「そうなので?」

「いま、牛だったら困るが、いまはこうして人間になっているのだから、別に先祖が牛でもカエルでもよいではないか」

「はあ」

「なんか損した気分だ」

じっさい、そんな気分である。

山田舟右衛門はどうしていいかわからなくなったらしく、

「お借りした史料はお屋敷のほうにお返ししておきます」

と、逃げ腰になって言った。

「うむ。すまんな」

「それと、ちゃんとした系図をお届けするのは、もう少し時間がかかるかもしれませんが」

「そんなものは慌てなくてかまわぬさ」

山田は頭をかきながらいなくなった。

このやりとりを聞いていた朝比奈が、

「牛の末裔のほうが、桃らしくてよかったのになあ」

と、本気の口ぶりで言った。

この三日後――。

花輪村から海作が来ているか気になって、駿河台の屋敷に行ってみると、稲刈りがあるので仔牛が産まれるころに来るとのことだった。もちろん、牛の仔よりは稲刈りのほうが大事である。

「なんなら、代わりの牛を届けて、そっちは引き取りましょうかとも言ってました。そうなさるなら、あっしがもう一度、行って来ます」

と、松蔵は言った。

「いや、牛の仔も見てみたいからいいだろう」

桃太郎がそう言って、そのまま帰ろうとすると、

「お前さま」

と、千賀に見つかった。

「なんだ、いたのか」

「いるかどうか確かめもせず、よくおっしゃいますこと」

「いや、なに」

「それより、よかったですね。牛の末裔でなくて」

「別に、わしはかまわなかったがな」

「わたしは嫌でございます。牛の家に嫁に来たのかと思ったら、ゾッとしますよ」

「そうかね」

「お前さまも、お参りに行っては？」

「なんのお参りだ？」

「神官の末裔だったら、氏神《うじがみ》のようなものではありませんか。わたしたちはもう行きましたよ」

「牛御前神社にか？」

「それとついでに水戸《みと》さまのわきの牛天神《うしてんじん》にも」

「あれはお前、菅原道真《すがわらのみちざね》だろう」

天神社でも牛を祀ったりしているが、あれとは系列が違うのではないか。

「いいんですよ。お前さまは誘ってもどうせ行かないと思ったから、富茂と三人の孫も連れてお参りしてきましたよ」

「孫もか」

「だいたい、仁吾があんなことになったり、新吾《しんご》が学問所で落第したり」

「落第したのか」

「お前さまだって三回もしたでしょうが」

「わしの話はいい」

「わたしだって、膝が悪くなったし。こういうのは、氏神さまを拝んで来なかった祟《たた》りかもしれませんでしょう」

「そんなことが……」

　そこまで言って、口をつぐんだ。こういうときは逆らわないほうがいい。

「ついでのときでけっこうですから、お前さまも」

「ああ」

「なんなら、うちの牛二頭をお供えにしても」

「馬鹿を申せ」

　これ以上いると、なにをさせられるかわからないので、桃太郎は早々に退散した。

八

ところが、この話を珠子にすると、稽古に来た蟹丸にも伝わり、その蟹丸が、

「愛坂さま。行きましょうよ」

と、言ってきたのである。

「どこへ？」

「向島の牛御前神社にお参りに行かれるんでしょ？　あたしも連れてってくださいよ」

「なんで、そなたが行かなくちゃいけないんだ」

桃太郎はできるだけ冷たい口調で言った。

「あたし、牛が好きなんです」

「それとこれとは別だ」

「それに、あたし、向島のほうとか行ったことないんですよ。のんびりしてていいとこなんでしょう？」

「それはまあ」

「ずっと歩き詰めですか？」

「いや。舟を使えば、ほとんど歩かなくても済むがな」

「でも、お参りっていうのはあまり楽したりすると駄目ですしね。行きは歩いて、帰りは舟で」

蟹丸はもう行くつもりである。ちらりと珠子を見ると、「どうぞ、行ってらっしゃいませ」と顔で語っている。

「あたし、明日はなにも入ってないんです」

明日、行くつもりらしい。

「わしは桃子の面倒を」

「いえ、あたしも明日は一日、桃子と遊ぶことにしてました」

「……………」

行く羽目《はめ》になってしまった。

桃太郎としては、困惑半分に嬉しいのが半分である。さすがにほんとうにもているとは思わないから、みっともないなりゆきはご免である。

翌日は、両国橋《りようごくばし》の東詰で待ち合わせた。

さっさと行って、すっと帰って来るつもりだったが、なんと蟹丸はけなげに弁当までつくってきた。知り合いの料亭で小さな重箱を借り、ご飯におかずもいろいろつくったという。

「あたし、お料理つくるの好きなんですよ」

「ほう」

「洗濯は嫌いだけど」

「わしは洗濯もしているぞ」

「そうなんですってね。珠子姐さんがやってあげると言ったけど、桃子のおむつだってあるのに、わしの洗濯までしなくていいって。ほんと、愛坂さまって、お優しいんですね」

「そんなことは」

褒められて笑おうとしたら、顎《あご》がグキッとなった。外れたのかと思って焦ったが、外れはしなかったらしい。

大川《おおかわ》沿いに歩いたのだが、水戸家の蔵屋敷の手前の源森橋《げんもりばし》を渡るころになって、

「身の上話をしてもいいですか?」

と、蟹丸は言った。

「したいときはしたほうがいい」

鬱屈《うっくつ》があるときは、話せば楽になるのだ。

「あたし、吉原に売られそうになったんです」

「そうなのか」

「それでも、十四のときまで、なにも知らずに育ったのだから、幸せかもしれません。うちは瀬戸物町《せとものちょう》で、漆器《しっき》を扱う店をやってました。おとっつぁんで八代目だったみたいで、江戸に来る前は京で商売をしていたそうです」

「老舗《しにせ》ではないか」

「あたしは、おとっつぁんが五十のときに生まれました。おっかさんは四十二だったそうです。兄が一人いて、その下があたしでした」

「ふむ」

「それで、十四のとき、おとっつぁんが身体を悪くして、寝たきりになりました。兄はもう三十になっていて、跡を継ぐのかと思いきや、じつはもう一人兄がいたのです。その兄はあたしが子どものときに家を出てしまい、やくざな道に入っていたのです」

「なるほど」

珍しい話ではない。

「おとっつぁんが病に倒れたとわかると、店にもどっておれが商売をすると言いました。でも、次兄《じけい》は納得がいきません。ただ、この次兄は人はいいのですが、気持ちが弱く、長兄に脅《おど》されると、身体の具合が悪くなり、寝ついてしまったのです」

「それは弱ったな」

「家が困ったことになり、親戚が助けてくれないものかと期待したのですが、おとっつぁんはそれまで親戚の人たちに冷たい仕打ちをしてきたみたいで、誰も助けてくれません。おっかさんは、もともと長兄のことは可愛いと思っていたので、お金でカタをつけようと、これでよそで商売でもしなさいと、とりあえず百両を与えました」

「ああ、それはいかんな」

と、桃太郎は言った。

「やっぱりそうですか」

「癖《くせ》になるだけだろう」

「ああ、愛坂さまはおわかりです。おっしゃるとおり、兄は癖になり、仲間うちで大きな顔をしたり、また、博奕《ばくち》にもいっそうのめり込んだりして、結局は五百両ほどを使い果たしてしまったのです」

「なんと」

「そうなると、番頭や手代《てだい》も逃げ出してしまいました」

「奉行所に相談したりしなかったのか」

「母がしていたと思います。でも、奉行所は後手後手で」

「そうだな」

役所というのは、どうしても後手に回る。そのためにも近所の町役人《ちょうやくにん》や番屋などがしっかりしていなければならないのだが、蟹丸の家はなまじ老舗の矜持《きょうじ》があり、相談もしにくかったのかもしれない。

「結局、残ったのは病も重くなった父と、働く気力がなくなった次兄、それから呆然《ぼうぜん》としたままの母だけでした。じつは、次兄は父母には隠していましたが、けっこうな遊び好きで、元気なときは吉原あたりにもしょっちゅう出かけていたみたいなんです」

「そうだったのか」

「あたしを吉原に売ろうと言い出したのは、次兄だったみたいです」

「それはあんたも落ち込んだだろう」

「それまで慕っていましたから、まさかと思いました。でも、ぎりぎりのところで、おっかさんが知り合いだったいまの置屋の女将《おかみ》さんに相談して、吉原には行かないで芸者におなりって。家族の食い扶持《ぶち》くらいは肩代わりしてあげるからって。あたしも、子どものときから、三味線とか踊りとかは習っていたので、それが役立ちました」

「そうか」

「芸者になれてよかったですよ。まだ、置屋の女将さんに借りはありますが、おかげさまで方々《ほうぼう》から声をかけてもらえるようになりました」

「うむ」

　これで桃太郎が十万石くらいの大名なら、毎日でも座敷に呼んでやるのだが、なにせ隠居した旗本では年に一度のお座敷ですら覚束《おぼつか》ない。

　話をするうち、牛御前神社に着き、桃子の無事を祈りながら手を合わせた。

　神社のわきは桜並木の土手になっている。葉も枯れてだいぶ散っているが、土手は紅い葉で敷き詰められ、これはこれでいい景色である。川風も寒くはなく、薄曇りで眩《まぶ》しくもない。

「愛坂さま。ここでお弁当を」

「そうだな」

座って、蟹丸がつくって来た弁当を食べた。

おかずは、卵焼きと昆布の佃煮と甘い煮豆だった。味はいいが、なんだか気恥ずかしいものを食べている気分である。

かなりこぶりなお重で桃太郎はたちまち食べ終えた。

「ちょっと小さかったですね」

「いや、年寄りにはちょうどいい」

「愛坂さまは年寄りなんかじゃありませんよ」

「……………」

大声で唄でもうたいたい。

「舟を拾うか」

「もう帰るんですか」

「茶店で饅頭《まんじゅう》でも食べるか？」

「はい」

近くに茶店があった。

縁台に並んで座り、茶と饅頭を頼んだ。

桃太郎はやたらと大きい饅頭を、一口で頬張った。

「まあ」

と、笑い、蟹丸はそれを竹の楊枝《ようじ》で八つに分け、ひとつずつ口に入れ始めた。

そのようすを見ているうち、桃太郎は突如、

「あ、わかった」

と言った。

九

饅頭を食べ終えると、もっとのんびりしたそうにしていた蟹丸を急《せ》き立て、舟を拾った。下りだから、たちまち日本橋《にほんばし》川に来てしまい、思案橋《しあんばし》のたもとでいっしょに舟を降りると、そこで別れることにした。

一つだけ気になったので、桃太郎は、

「蟹丸の長兄というのはどうしている?」

と、訊いた。

「近ごろ、音沙汰《おとさた》がありません。たぶん、もう吸い上げることができないと、相手にするのはやめたのでしょう」

「そうか」

父母からは駄目でも、日本橋の売れっ子芸者になった蟹丸からなら、いくらでも吸い上げられる。だが、それは言わないことにした。

蟹丸と別れ、卯右衛門長屋にもどると、山田舟右衛門が待っていた。

「どうした。まさか、母方の先祖は馬だったとかいうのか？」

「いえ、そうではないのですが、思い当たったことがありまして」

「なんだ？」

「愛坂さまはお屋敷で牛を飼っておられます。いえ、それは凄《すご》くよいことなのです。ただ、牛小屋の方角がよくないのです」

「方角？」

「愛坂さまの書斎、いやお屋敷全体から見ても、丑寅《うしとら》の方角に当たります」

「鬼門《きもん》か」

丑寅、すなわち北東の方角は鬼門とされ、江戸の人たちには嫌忌《けんき》された。

「はい。よからぬことが起きるやも」

桃太郎は、山田がそれ以上言おうとするのを、手を前に出して押しとどめ、

「わしはそういうことは気にしないのだ」

と、言った。

「ですが」

「悪いことが起きるというのはな、でたらめ神信心の常套句《じようとうく》だぞ。人生に悪いことはつきものだ。だが、それは方角だの、干支《えと》だの、星回りだのとはなんの関係もない。鍋島の義理は果たしただろう。そなた、もう、わしのところには来なくてもよいぞ」

桃太郎には珍しいくらい強い口調である。

「はっ」

踵《きびす》を返す瞬間の山田の顔つきは、いままでのどこか抜けたような顔とはまるで違った、思惑《おもわく》と悪意を感じさせる表情だった。

数日後——。

駿河台の屋敷に行ってみると、なんと中間や下男たちが寄ってたかって、牛小屋をずらしているではないか。丸太の柱に板壁、屋根は藁《わら》を葺《ふ》いただけの簡単な

造りなので、ずらすくらいは大工に頼まなくてもできるのだ。

「なにをしている？」

桃太郎は、松蔵に訊いた。

「は、奥方さまと大奥さまから言われまして」

「女たちが迷信にだまされたのか」

嫁の富茂は苦手なので、千賀を捜し、二階で着物の虫干しをしているところに行って訊いた。

「牛小屋を動かしたのか？」

「そうですよ。だって、丑寅の方角にあるではありませんか」

「それがどうした？」

「牛を鬼門の方角に置くとよからぬことがあります」

「あの山田が来たのか？」

「ええ。お前さまに言ったら、わしはそんなことは気にしないと、ひどくお怒りになったそうですね」

「当たり前だ」

「ですが、牛小屋を丑寅から外すなんて、造作もないことですから、いちおうやっておけばよいではありませんか。真北にしたらたぶんお前さまが怒ると思ったので、東寄りにしたのですよ。なんでも仔を宿したというから、日当たりのいいところがいいかと思いまして」

千賀は桃太郎の考えることを読んでいる。

桃太郎も、牛のためにはいいかと思い直したが、

「ふん、勝手にしろ」

まだ怒っているように言った。

書斎に入り、改めて移動した牛小屋を見た。

東の畑になっているところのなかへ持って行ったので、桃太郎のところからは、真っ直ぐ正面に見えている。あそこなら、朝日はもちろん、南からの陽射しも受けることになる。冬もさぞかし暖かいだろう。

そのかわりいままで牛小屋があったところは展望が開けて、左手の空が見えるようになった。

といっても、山が見えるわけではない。その先は、お茶の水の谷間の手前に並ぶ旗本屋敷になっているだけである。

――ん？

いままで見えていなかったものが見えていた。

それは、向かいの旗本屋敷の家来が住む長屋につくられていた物干し台だった。

「洗濯物でも眺めるか」

そう言ってから、ふと気になることがあった。

その屋敷は、石丸参右衛門《いしまるさんえもん》という無役の旗本のものだった。ただ、石丸は最近、なにやら不祥事を起こしたらしく改易になり、いまは空き屋敷になっているはずである。

——石丸はなんの不祥事を起こしたのだっけな。

気になって、松蔵と五平太《ごへいた》を呼んで訊いてみたが、

「石丸さまの件は、仁吾さまも関わっておられないので……」

わからないとのことだった。

「では、仁吾に訊いてみる」

と、桃太郎は評定所に向かった。仁吾は、内勤の退屈さを紛《まぎ》らすため、旗本全員の詳細を記憶しようとしていた。たとえ担当していない旗本のことでも、知っていて不思議はない。

ほかの目付はたぶん外へ出ているだろうが、いちおう気を遣い、仁吾のほうから外に出て来てもらうことにした。

呉服橋《ごふくばし》を出てすぐのところに、桃太郎がよく使っていた目立たない料亭がある。そこの女将とは、まだあとを継いでいない娘だったころ、いい仲になったことがある。もう三十年も前のことである。

そこで待っていると、仁吾が怪訝《けげん》そうな顔でやって来た。

「すまんな、大事なことなのだ」

「なんでしょう？」

「うちの屋敷の前の石丸のことだ。あそこは近ごろ改易になったのだよな。理由はわかっているか？」

「ええ、この前、父上にお話ししましたでしょう。吉原で借金をつくった旗本が改易の憂き目に遭《あ》ったことは。石丸さんもその一人ですよ」

「となると、いま、あの屋敷を管理しているのは老中の日野さまか？」

「日野さまが直接、管理はしておられないでしょう。ただ、明け渡しのときは、日野さまに近い目付が担当したはずです」

「なるほどな。それでわかった」

「なにがです」

「うちの牛小屋が動いたのは知っているか？」

「ああ、朝、なにやら言っておりましたな。動かしたのですか？」

「うむ。それが目的だったのさ。いままで、うちの家系が牛の末裔だのなんだのと騒いでおったのは、結局のところ、牛小屋をどかす口実のためだったのさ」

「おっしゃることがよく」

「わからぬのか。父親の命が狙われているというのに」

「なんと」

「いいか。わしの書斎から石丸の屋敷の物干し台が見える。こっちから見えるということは、向こうからも見える。矢を放つにはちょうどいい距離だ」

「そんな馬鹿な」

「じっさい、わしはこの前、一度、狙われている。的場のわきを通ったのだが、あやうく頭に刺さるところだった」

「なんと」

「若い武士がすっ飛んで来て、間違って放ったようなことを言って詫びたが、あれは狙ったのだ。真っ昼間にな。それでしくじったので、新手を考えたらしい。

わしが書斎に入り、行灯《あんどん》でもつけたところを狙うのだろう」

「どうしましょう？」

「襲わせるさ」

と、桃太郎は不敵な笑みを浮かべて言った。

十

この夜——。

愛坂桃太郎は、夕方、駿河台の屋敷に入り、珍しく家で晩飯を食べた。それから書斎に入り、行灯に火を点《とも》して、書見を始めた。それからすぐのことだった。

障子を突き破って、矢が飛んで来た。一本ではない。一矢、二矢が同時に来た。桃太郎はゆっくり崩れ落ちた。

「やったな」

「ああ」

石丸屋敷の物干し台で声がした。二人いる。念のため、同時に狙うことにしたらしい。

桃太郎は物干し台の下に隠れ、二人が下りて来るのを待った。この物干し台は、外から梯子《はしご》を上るようになっている。

途中まで下りたところで桃太郎は飛び出し、

「生憎《あいにく》だったな」

と、言った。

「げっ」

桃太郎は梯子の途中にいる二人に刀をふるって、弓の弦を断《た》ち切った。弓さえ使わせなければいい。

「さあ、下りて来い。相手になってやる」

二人は梯子を下り、桃太郎と向かい合った。すぐに刀を抜き放つ。

やはり片割れは、この前、的場から飛び出して来た男だった。真面目そうな顔は変わらないが、今宵はあのときより険を含んでいる。

「爺い。舐《な》めるな」

桃太郎の後ろには、短槍《たんそう》を構えた松蔵と五平太がいる。愛坂家の家来や中間たちのなかでも、この二人はとくに腕が立った。

「そなたたちは見ておれ。とりあえず、わしが二人を気絶させるのでな」

「わかりました」

と、松蔵と五平太はうなずいた。

「気絶させるだと？」

「それはそっちだ、爺い」

二人は左右に分かれて、刀を構えた。一人は正眼、この前会ったほうは、地摺《じず》り正眼に構えている。

どちらもかなりの遣い手であるのはわかった。まともに斬り合えば、二対一でもあるし、桃太郎は負ける。

負けないためには、大人のずるさが要る。

秋風が吹いている。落葉《おちば》の季節である。

〽散るは浮き
　散らぬは沈む
　　もみじ葉の
影は高尾《たかお》か　山川の

水の流れに　月の影

桃太郎は唄い出した。習っていたときは、周りの者が笑うのを我慢したくらい、調子の外れた唄である。

同時に、桃太郎の左の手元から、黄色い落葉が舞い始めた。

一枚二枚と宙に舞い、さらに多くの葉が刀を構えた二人の眼前で回り始めた。

「なんだ、これは？」

「爺い、なにをする？」

二人が声を発したとき、桃太郎はいきなり突進し、大きく刀を振るった。

「あ」

「なんと」

二人は手首を打たれ、思わず刀を落とした。

その二人の喉元で、松蔵と五平太の短槍の穂先が光った。

愛坂の屋敷から仁吾とほかの家来三人もやって来て、二人を問い詰めた。

身分は二人とも浪人者だった。では、誰が命じたのか。二人は、白状しない。

というより、命じた者は金だけで二人を動かしていた。

「仁吾。こいつらを明日、評定所に連れて行け」

と、桃太郎は言った。

「よろしいので？」

「ああ。おおっぴらにしたほうがよい。そのほうが、今後、こういう卑怯《ひきょう》な真似はしにくくなるだろう」

「父上。ということは、やらせた者は評定所周りにいるということですか？」

仁吾は眉をひそめながら訊いた。

「それはそうさ」

桃太郎は苦笑して言った。

第四章　闇の傘

一

桃太郎が卯右衛門のそば屋に昼飯を食いに行くと、まだ頼んでもいないざるそばの大盛りを持って来た卯右衛門が、

「じつは愛坂さまのところに行こうと思っていたところでして」

と、言った。この速さは、おそらくほかの客が頼んだざるそばの大盛りを、そっとこっちに回したのだろう。

その表情を見て、桃太郎はさりげなくあたりを見回し、

「どうかしたか?」

と、小声で訊いた。悪いことと言うほどでもないが、なにか慎重を要するよう

なことが起きたらしい。

「さっき中山中山さんが来まして」

「ほう」

それはおおっぴらには言えない。中山中山は目下、逃亡中である。

「長屋のようすはどうだと訊かれました」

「なんと答えた？」

「北町奉行所の森山平内さまたちが、エレキテルを没収に来たが、すでに消え失せていたので大騒ぎになりましたと。それで、ずっと町方が見張っているので、近づかないほうがよろしいですよ、とは申し上げました」

「うむ」

申し分のない答えである。

「愛坂さまは、エレキテルを消した方法がおわかりになったそうですとも言いました。それと、意外に近くにいるのかもしれないとおっしゃっていたことも」

昨夜、その話をしたのだ。卯右衛門には、消した方法については語っていない。わかったきっかけについても話さない。ただ、わかったということと、近くにいるかもしれないという推測は語った。

「なんと言っていた？」

「さすがは愛坂さまだと。それで、ぜひ、今後についてご相談したいと言ってました。どうしましょう？」

「また来るのか？」

「ここらをぶらぶらしていると言ってました。なんだか薬の行商みたいな変装をしていましたが」

「よし、会おう。わしはつけられたりはしていないと思うが、いちおう警戒して人混みで会うのがいいな。日本橋《にほんばし》の真ん中、下流側で待っていよう。時刻は今日の暮れ六つ（午後六時）の少し前だ。また来たら、そう伝えてくれ」

「わかりました」

別に急いだわけでもなく、いつものようにあっという間に、大盛りのそばを飲むようにして食べ終え、席を立った。飯を早食いするやつに善人はいないと聞いたが、この癖ばかりは直せない。

外に出て、海賊橋《かいぞくばし》のたもとの柳の木の下に立ち、さりげなく周囲を見回した。すると、頬かむりして、大きな箱を背負った中山が、ようすを見ていたらしく、すぐにそば屋に入って行った。卯右衛門が桃太郎の伝言を伝えると、中山はこっちを見て感謝するようにうなずき、八丁堀《はっちょうぼり》のほうへ歩いて行った。

桃太郎が立っているのに気がついて、卯右衛門がやって来た。

「伝えました。伺《うかが》うそうです」

「うん、見ていたよ」

「意外に近いところというと、まさか八丁堀ですか？　火の見櫓《やぐら》の真下の火事はわからないと言いますからね。森山平内さまの隣に住んでいたりすると大笑いなんですが」

「それはないだろう。霊岸島《れいがんじま》あたりが臭いかもな」

「へえ」

「さて、どうしたものかな」

桃太郎が歩いていると、卯右衛門もついて来る。目的もなく歩いていたので、南茅場町《みなみかやばちょう》の通りに来てしまった。すると、店が並ぶほうから、

「卯右衛門さん」

と、声がかかった。

見ると、通り沿いにあった傘屋のあるじが声をかけてきたのだった。

「おう、傘源《かさげん》か」

卯右衛門は手を上げて答えた。

「あんたんとこは、屋号入りの傘はつくらねえのかい？　いい客寄せになるんだがな」

「生憎《あいにく》だが、うちは充分、流行《はや》ってるよ」

卯右衛門は笑いながら申し出を断わった。

「そういえば、このあたりは傘屋だの、傘職人だのが多いな」

と、桃太郎は言った。

「多いですよ。昔からそうです。茅場町傘といったら名産品ですよ」

「そうなのか。だが、この前の目が回る傘の騒ぎのときは、通《とおり》一丁目の新道にあった〈天乃屋《あまのや》〉とかいう傘屋に頼んでいたよな」

「あいつは、逆にここらは知り合いがいるから避けたんでしょう」

「そういうことか」

「愛坂さま。そこの角を入ったところにある傘辰《かさたつ》ってのは、あっしの幼なじみで、傘づくりの名人ですよ。天乃屋の傘も歌舞伎役者が使ったりしていますが、どっちがいいかと比べたら、こっちが上です。ご紹介しておきます」

「いや、いいよ。傘屋ばかり知り合いが増えてもしょうがないから」

「ま、そうおっしゃらずに」

と、無理やり引き合わされた。

二

「よう辰《た》っちゃん」

「なんだ卯《う》っちゃんかい」

傘辰は、名人のわりに、いかにも気さくな男だった。ふつう名人などというのは、修業が辛すぎたせいなのか、むっつりして、こっちがなにか余計な注文でもつけたりした日には、孫の代まで祟《たた》りそうな顔で睨まれる。だが、傘辰は、ほとんど寄席《よせ》の客引きみたいな笑顔を見せている。

「元気か？」

「相変わらずだ。座ってやる仕事は腰がつれえよ」

と、二人はひとしきり身体の調子などを報告し合ったが、

「おい。辰っちゃん。こちらは元お目付で、いまでは謎解き天狗とすら言われている愛坂桃太郎さまとおっしゃる大変な人なんだ。あっしの師匠であり、お得意

さまでもあり、店子《たなこ》でもあるんだがな」

「はあ、いろいろなんですね」

　傘辰も困った顔で頭を下げた。

「なんでもいいのさ。それより変わった傘をつくっているみたいだな」

　と、桃太郎はいま傘辰が膝に載せている傘の骨組みを指差して言った。

「そうなんですよ」

「ふつうの倍もあるような傘だろう。祭りの出し物にでもするのか？」

「いや、生身の人間が使うんだそうです。相撲取りですよ」

「なるほど」

　逆に相撲取りくらいしか使えないだろう。

「それでも半端なくでっかいでしょう。あっしは、もしかしたらあいつかなと当たりをつけたんですがね」

　そういえば、いま、関脇だか小結に、恐ろしいくらい大きな力士がいる。あれなら、この傘を使っても不思議はない。

「当人が来たんじゃないのか？」

「違うんです。行司見習いだそうで、小柄な若者でしたよ。いかにも土俵の上をこまねずみみたいに動き回りそうでしたが」

桃太郎は、しゃべりながらもよく手を動かす傘辰の仕事ぶりを見ながら、

「だが、それは大きいだけでなく、ずいぶん頑丈なんじゃないか？」

と、聞いた。部位の一つずつがやけに太かったりする。

「そうなんです。なんでも、その関取は、とある橋を渡って、惚れた女に会いに行くらしいんですが、そこは下から吹き上げる風が強くて、いつも傘が箒《ほうき》のようになってしまい、ずぶ濡れで女のところに行く羽目になるというんです」

「変わったところにいる女なんだな」

「ですよね」

「まあ、谷間にかかる橋だと、そういうこともあるだろうな」

「しかも、油紙を上から貼るだけではなく、裏からも貼って二重にしてもらいたいというんです」

「嵐でも来るのかな」

「そうですよね。あっしも、その女はこの国の人ですかいと、思わず訊いてしまいましたよ。すると、相撲取りには巡業があって、いろんなところに行くんだと」

「なるほど」

「でも、注文はそれだけじゃないんです」

「真っ黒だ」

「そうなんです。変ですよね。それと、ここを見てください」

と、柄《え》の下のほうを見せ、

「ここへ、竹の棒を差し込んで長くできるようにしてもらいたいというんです」

「同じくらいの太さのやつをかい？」

そもそもその柄というのが、物干し竿にできるくらい太いのだ。

「そうなんです。なんでも、橋を渡ったあと、今度は塀に囲まれた細い路地を通るんだそうです。そこは狭いので、傘を差していたら通れないから、傘を塀の上まで持ちあげる必要があるというんです。だから、柄のところに竹の棒を嵌《は》め込んで、長くできるようにしてもらいたいと」

「すぼめては駄目なのか？」

と、卯右衛門がわきから訊いた。

「ただでさえ身体が大きいのに、すぼめた傘が邪魔で通れないんだとさ」

「へえ。そういうところもあるんだね」

卯右衛門は納得したが、桃太郎は首をかしげた。

どうも妙な話である。

三

「しかし、じっさい世のなかにはいろんな人がいますからね」

と、傘辰は言った。

「ほかにも変な注文はあるのか?」

桃太郎はつい訊いてしまう。職人たちの裏話というのはじつに面白い。いつかまとめて本でも書きたいくらいである。

「このあいだは、美人傘というのをつくらされました」

「美人傘?」

桃太郎と卯右衛門は、思わず顔を見合わせた。黒くて巨大な傘よりも、そっちのほうが面白そうである。

「これは、雨に濡れないためでも、日除《ひよ》け用でもないんです。美人に見えるようにするための傘なんです」

「そんなことできるのか？」

「油紙や絹などではなく、紗《しゃ》を貼るんです」

「紗？」

「薄い絹織物ですよ。向こうが透けて見えるくらいの。あ、これです、これ」

傘辰は、後ろの棚から余り布らしいものを取って、見せてくれた。なるほど、向こうが透けて見える。

「この紗を通してみると、きれいに見えるんだそうです」

「ほんとかな」

桃太郎は信じられない。

「頼んだのは、ちょっとそっちに行った〈吾妻屋《あづまや》〉っていう料理屋の女将《おかみ》ですがね、すっかり気に入って、近所に行くにも差して出るくらいですよ。歳は五十ですが、傘を差していると三十くらいに見えますから」

「馬鹿な」

「ほんとですって。見に行ってくださいよ。しょっちゅう、うろうろしていますから。いまごろは、魚の買い付けで店の前にいますよ」

傘辰がそう言うと、

「愛坂さま。見に行ってみましょうか」

卯右衛門はその気になった。

「女将を?」

「美人見物てえやつで」

「そうだな」

桃太郎も、こういう申し出は断わらない。

茅場河岸《かやばがし》沿いの道を歩きながら、

「愛坂さまもけっこう物見高いですよね」

と、卯右衛門は嬉しそうに言った。

「そうかね」

「いや、素晴らしいことですよ。たいがい隠居なんかすると、世のなかのことはどうでもよくなって、新しいことにも興味を示さなくなるんです。するといっきに老《ふ》けますよ。ですが、愛坂さまときたら、餌を探すネズミみたいに」

「喩《たと》えが悪いだろうが」

「そうでした」

当の吾妻屋の前に来た。店の前に傘を差した女がいて、河岸に舟をつけた漁師と話をしている。

「あれが女将ですね」

「そうだな」

自分たちも魚が欲しいんだというような顔で、さりげなく舟に近づき、傘の向こうをのぞき込んだ。

最初は横を見ていたので、なかなか顔が拝めない。だが、桃太郎たちが見ているのに気づくと、わざわざこっちを向くように顔を傾《かし》げた。

さらに、話が終わると、こんなことはしょっちゅうだと言わんばかりに、傘の下で微笑《ほほえ》んでみせた。

しまいには、唖然《あぜん》として見ている二人に向かって、

「噂を聞いたのかしら。ふふっ」

と言って、踵《きびす》を返し、料理屋のなかへ入って行った。

しばらくして、

「ほんとだったたな」

桃太郎が夢から覚めたように言った。

「ほんとでした」

卯右衛門も天女《てんにょ》でも見たような顔をしている。

「確か五十と言っていたな?」

「ええ。三十、いや、もっと若く見えますよね」

「ああ、見えた」

紗のせいで、こまかい皺《しわ》が見えないし、肌もきれいに見える。なにやら、靄《もや》のなかで朝の光を浴びたみたいだった。あれだったら、かぼちゃを見ても、美しい工芸品のように見えるかもしれない。

桃太郎と卯右衛門は、傘辰のところに引き返し、

「ほんとだった。あれは凄いものだ」

と、しきりにほめそやした。

「でしょう。でも、あれはあの女将が考えたものですのでね」

「いや、あんたの腕もいいんだ。いい傘をつくる」

「ありがとうございます」

「ところで、子どもの傘はつくれるかい?」

と、桃太郎は訊いた。

「もちろんです」

「つくってもらおうかな。それと、おとなの女傘も二本」

「承知しました。柄《がら》や色はどうします？」

「わしはそういうことはわからぬからな。まかせるよ。うんとお洒落《しやれ》なやつにしてくれたらいい」

「承知しました」

傘辰が引き受けると、わきから卯右衛門が、

「おとな物を二本ですか、愛坂さま」

「うむ」

「一本は珠子姐さんでしょう。もう一本は？」

「卯右衛門。要らぬ詮索だぞ」

桃太郎は、横目で見て言った。

四

この日は夕方まで、桃子の面倒を見ることになっていた。珠子に三味線《しやみせん》を習うのに、四人の若い芸者見習いが来るので、桃子は邪魔になってしまうのだ。蟹丸

も習いに来るようになっていた。別に習わなくてもいいくらいの腕があるのに、どういうわけか押しかけ弟子になったらしい。

「さ。町を見て歩くか」

今日はおんぶをせず、抱っこしたままで、江戸橋《えどばし》のほうを眺めに行った。

この橋から川を見下ろすと、舟が三方に行き来するので、桃太郎も見ていて飽きないのだ。桃子も舟を見るのが大好きである。

「面白いなあ、桃子。お舟、いっぱいだ」

「あぷぷ、いふぃ」

「うん、お舟いっぱいだ」

ひとしきり眺めて、青物町《あおものちょう》のほうに入りかけると、そこにあった大きな薬種問屋の〈北条屋《ほうじょうや》〉から、与力の森山平内が出て来たところだった。

見送りに出て来たあるじらしき男が、森山に耳打ちした。

森山はにやりと笑ってうなずき、あるじの肩をぽんと叩いた。

いかにも親密そうである。

あるじの名は、確か北条屋豪右衛門《ごうえもん》といった。伊豆《いず》の生まれで、兄はあのあたりで代官をしていると聞いたことがある。薬草などは、伊豆の山奥から採取してくるのだと聞いていた。

「ほう」

桃太郎は、面白そうに目を瞠《みは》った。

北条屋は、このところ出す薬がすべて大当たりしている。青六丸《せいろくがん》という風邪の薬は、医者殺しとすら言われるほど、よく効くのだという。

また、烏情丸《うじょうがん》という薬は、あらゆる痛みに効いて、歩けなかったのが歩けるようになったという人が続出しているという。

ただ、一方でよからぬ話もある。

烏情丸を飲んで死んだ人がいるが、その噂を町方や勘定奉行の何某《なにがし》が、もみ消そうとしているというのだ。

桃太郎はその話を、朝比奈から聞いた。

「もっぱら英一郎がその話を追いかけているが、いつものように仁吾がいっしょに動けないので、突っ込みが甘くなっているとこぼしていたよ」

「そうか」

桃太郎は、倅《せがれ》のことながら恐縮した。

仁吾は歩けないことはない。杖をつけば、屋敷と評定所の往復くらいはできるようになっている。が、調べはまた別だろう。家臣を使うにしても、咄嗟《とっさ》の動きや、機敏な動きが必要になる。あと半年は現場に出るのは無理な気がする。

その北条屋の看板のさらに上を、通りすがりの連中が見上げて行く。

「あれが金の鬼瓦《おにがわら》だぜ」

「てえしたもんだ」

「薬は儲かるんだろうな」

「薬九層倍だぜ」

このほど屋根に鬼瓦をつけたが、これが純金製だというのである。

桃太郎も見上げると、午後の陽を浴びて、鬼瓦は眩しいほどに光っている。下から見上げる鬼の顔は、傲然《ごうぜん》と勝ち誇っているようである。

ほかの通りすがりの者たちが、鬼瓦とは反対のほうを見て、

「蔵まで高くなったわ」

「あれか」

などと言った。

通りを挟んだ店の向かい側は、土手蔵が立ち並んでいる。そのなかに立つひときわ高い新しい蔵が、北条屋のものらしい。

店のほうも、鬼瓦のところは三階になっていて、どちらも首が痛くなるくらい見上げないといけない。七間（十二・七メートル）以上の高さがあるのではないか。

桃子も眩しい鬼の顔が目についたらしく、

「あしょあしょ」

と、つぶやいた。嬉しそうな顔ではない。

「うん。くだらぬものをつくったもんだよな」

と、桃太郎は言った。

しばらくは桃子といっしょに光る鬼瓦を見ていたが、

——ん？

と、疑念がわいた。

最初はまさかと思った。

だが、だんだんその考えは固まってきた。

「待てよ」

店の横に回り、それから蔵のほうを見た。ちょっと遠ざかって、鬼瓦と蔵のあいだも見た。さらに、蔵の裏は日本橋川だが、そっちものぞき込んだ。頭のなかにとある道筋というのが見えてきた。夜、屋根の上に人の影が現われる。その道筋を影が辿って行く。

間違いないと思った。

「そうだったのか」

桃太郎がつぶやくと、桃子も、

「ぷしゅしゅしゅ」

と、応じた。

「そうだよ、桃子。あの黒くて大きな傘は、鬼瓦を盗むためのものだったんだな」

桃太郎は自分の発見に驚いて言った。

五

黄昏《たそがれ》どきの日本橋の上は、かなりの人通りだった。仕事帰りの職人たち、買い物帰りの女たち、各藩の勤番侍たち、托鉢《たくはつ》の僧侶、使いの丁稚《でっち》……さまざまな年代や仕事の人たちが、大勢行き来していた。こういうときは掏摸《すり》も出没しやすい。桃太郎は腹に入れていた巾着《きんちゃく》を奥にずらした。こんなときに余計な騒ぎをおこさないよう、気をつけなければいけない。

大気は薄青く沈んで、人の顔はわからなくなっている。目鼻の区別はついても、その特徴はわからない。

中山中山は先に来ていた。桃太郎が橋の中ほどに立つと、さりげなく寄って来て、欄干から下を見下ろすようにした。

桃太郎はちらりと見て、周囲に注意を向けながら、

「元気そうではないか」

と、言った。

「おかげさまで」

「森山平内が踏み込んで来た翌日、わしは愛宕《あたご》山の裏の羽鳥の塾を訪ねたのだが、誰もいなかった」

「ああ、あの日でしたか。じつは、持ち出したエレキテルを、羽鳥の塾の連中に披露していたのですよ」

「そうか。ぎりぎり危ないところだったな。一日遅かったら、エレキテルは没収されていた。森山が踏み込んで来るのはわかっていたのか？」

「まさか、そんなことはありません。ただ、大方そういうことになるだろうとは予想してましたよ」

「そうか」

「ご迷惑をおかけしています。珠子姐さんは大丈夫でしたか?」

「ああ。大丈夫だ。だが、森山は珠子を気に入らないようすだ。もちろん、わしのこともだがな」

刺客を手配したのが森山かどうかはわからない。が、少なくとも老中の日野から話くらいは聞いているはずである。

「そうですか。お気をつけていただかないと。そういえば、私がエレキテルを持ち出した方法もわかっておられると?」

「うむ。あれは、解体できるのだろう。あのまま持ち出そうと思ったら容易ではないが、あれは解体できると思ったのだ」

「そうです。よくおわかりになりましたね」

「なあに」

蟹丸が饅頭《まんじゅう》を切り分けているのを見て、ふと思いついたのだ。

「もともと、簡単に解体できるようにつくっておいたのです。それで、運びやすいよう十二ほどの部品に分けました」

「分けたあとは、バラバラに運んだのか？」

「ええ。あのときはちょうど珠子姐さんが三味線の稽古をしてまして、気づかれずに二階に上がることができたんです。それから、羽鳥さんが弟子を連れて来ていたので、十二の部品を紐で下げて路地のほうで受け取ってもらい、風呂敷に包んで皆で運びました」

「町方の小者が長屋の外で見張っていただろう？」

「ええ。ですが、ボーッとしたような若いやつで、こっちが風呂敷包みを首に回し、薬屋の手代みたいにしていると、なにも気づきませんでしたよ」

「そんなところだろうと思った。まあ、遠くには運べないわな」

「そうなんです。じつは……」

　と、中山は言い淀んだ。

「言いたくなければ聞かぬぞ」

「いや、愛坂さまには隠し事は無用のようですし。羽鳥さんの弟子の一人が、霊岸島の酒屋のあるじでして、そこの蔵に入れさせてもらいました」

「それは好都合だった」

だが、都合のいいことは、そうそうつづくものではない。

中山は川を眺めたまま、ため息をついた。木枯らしのような音だ。

「まったく、この先、どうしたらいいものか。捕まったら、小伝馬町《こでんまちょう》の牢で獄死することになるのでしょう」

たぶんそうなる。

「逃げ回る人生になるのでしょうか？」

「……………」

「そう思うと、それもつらいなあと」

悪意のない、ただ、真実を知りたいだけの若者が、罰せられなければならないというのは、やはりおかしなことだろう。幕府はいま、どんどん了見が狭くなっている。つまりは幕臣の上のほうの連中が、臆病になっているのだ。その根底にあるのは、保身根性というものだろう。

「そう悲観するな。なにか方法があるかもしれぬ」

桃太郎はなぐさめた。といって、妙案があるわけではない。

「森山平内が失脚してくれたらいいんですが」

中山は空を見上げて言った。

「ほかにうるさいのはおらぬか?」

「まあ、上のほうにもいるのでしょうが、とりあえず急先鋒は森山さまでしょう。蘭学をやっている者は、皆、森山さまが怖いと申しています」

「そうか」

確かにそれはいい策なのかもしれない。桃太郎なら、神のご加護を望むようなことだと、一考もしなかっただろう。だが、逆に敵にしくじらせるというのは、逃亡という方法より効果は大きいかもしれない。

桃太郎は、下の流れを見た。川のほうが橋の上より暗く、すでに行き交う舟の姿もよく見えない。提灯《ちょうちん》の明かりを点《とも》していない舟同士がぶつかりそうに思えるほどである。

川風が冷たくなってきている。

中山も、いや、異国の学問を学ぶ連中は皆、心細い思いなのだろう。

「そうか」

桃太郎は言った。

ある案を思いついた。

だが、それだと盗みに加担することになる。それはまずいだろう。

中山が期待のこもった目で桃太郎を見ている。

「なにか？」

「ちと、考えさせてくれ」

「愛坂さまにご迷惑は？」

「いや。わしだって身を守ることになるのさ」

襲われたことは、中山には言わない。だが、老中の日野一派はおそらく、中山
中山も愛坂桃太郎も、そして倅の仁吾や朝比奈英一郎も、皆、敵であると見なし始めている。

六

翌朝――。

桃太郎はいつものように魚市場の近くで漁師たちに交じって朝飯を食べると、その足で傘辰を訪ねた。

「これは愛坂さま。朝、お早いんですね」

「爺いは寝ていられないんだ」

「まだ、ご注文の品はできていませんよ」

傘辰は、細く切った竹にやすりをかけている。後ろにいる三人の弟子たちも、同じことをしていて、その手本を示しているところらしい。

「いや、そうではない。ちと、訊きたいことがあってな。あの大きな相撲取りの傘はでき上がったのか？」

「まだです。そこにありますが、いやあ、なかなか面倒ですよ」

傘辰はわきに置いた黒い傘を指差した。桁《けた》外れに大きな傘は、なにやら不気味な気配も漂っている。

「だろうな」

「昨日、あの行司見習いが来たのですが、もっと頑丈にしてくれと言うんですよ。いったいどんな風が吹くんですかね。だいたい、そんな雨風の日だったら、出かけなければいいじゃないですか。でも、そう言ったら、関取が来て、あんたに張り手の数発をお見舞いしてしまうかもしれないって脅すんですから」

「あっはっは」

「どうしたもんですか」

「その行司見習いみたいな男はまた来るかな？」

「来ますよ。今日にでも来るんじゃないですか」

桃太郎はうなずき、

「来たら、ある人が、その傘をつくっているところを見て、傘の柄につけるのは、上にしたほうがいいと言ってたと、そう伝えてくれぬか」

と、ゆっくりした口調で言った。

「え？　どういうことです」

「その傘の使い道がわかったのさ」

「相撲取りが女に会いに行くためじゃないので？」

と、言って気味悪そうに見た。

「ま、それはいい。そう言えば、行司見習いとかいう男は驚くか、顔をこわばらせたりするだろう。そしたら、そのおっしゃった方は、お前さんが考えていることに共感したみたいだと言ってくれ」

「共感？」

「それから、わしの名と住まいを伝えてもらいたいんだ。元目付だということも話してくれてかまわない」

桃太郎はそう言って、傘辰の顔をじいっと見た。

傘辰も黙って桃太郎を見返していたが、

「わたしにはさっぱり」

と、首をかしげた。

「いいんだ」

「あっしはなにか悪事に関わっているので?」

「大丈夫だ。心配するな」

「ですが」

急に不安になってきたらしい。

「卯右衛門から聞いただろう。わしは元目付だぞ。悪事を取り締まるほうだ」

「はい。お聞きしました。しかも、謎解きにかけては天狗のようなお方だと」

「うむ、まあ。そう思ってくれていい」

「謎を解かれたわけですね」

「そういうことだ。やれるか?」

「やれます」

「では、頼んだぞ」

これで行司見習いは引っかかってくれるか。傘辰をあいだに挟まない方法もあるが、警戒心を解くにはこのほうがいいはずだった。

七

行司見習いは昼前にはやって来なかった。

桃太郎は、今日は桃子と遊ぶのを我慢した。どこかで見ていて、桃子の存在を知ったら、桃子に危害が及ぶかもしれない。それだけはぜったいに避けないといけない。

そのかわり、桃子のためにまた、卯右衛門から亀を借りて来てやった。亀と猫で、桃子は一日遊んでいられるだろう。桃太郎も遊んでいられる。

昼過ぎに、傘辰が顔を見せた。

「愛坂さま。あの行司見習いは姿を見せていませんか？」

「ああ、まだだな」

「お伝えしたのです。おっしゃる通り、そいつはずいぶん驚き、それからなにか考えるようにしていました」

「そうか。では、来るだろう。すまなかったな」

そう言って傘辰を帰した。

男は来るはずだった。来なければ、危なくて鬼瓦には近づけないはずである。

出かけていていなかったりするとまずいので、朝比奈に頼み、卯右衛門のところから昼飯を届けてもらうことにした。ざるそばの大盛りに天麩羅《てんぷら》をいくつかつけてもらった。朝比奈の分もおごった。

人を待ちながら、ずっと家にいるのはじれったい。だが、ほかにしようがない。根岸肥前守の『耳袋』を読んでいると、どうも裏がありそうな話がいくつもあった。これはたぶん、公にしていいものだけで、もしかしたら秘帖版のようなものがあるのではと思ったりした。

夕方になった。今日来るとは限らない。考えに考えて、数日おいてやって来るかもしれない。だが、今日にしてもらいたい。

だいぶ暗くなってきたころ、

「桃。客だぞ」

下で朝比奈が呼んだ。

「うむ、いま行く」

降りると、見知らぬ男がいた。

小柄な男だった。傘辰は行司見習いだと言っていたが、確かに言われたらなるほどと思う。小柄なだけでなく敏捷《びんしょう》そうである。桃太郎が思い描いた行動をしてのけるには、ぴったりの体型だった。

「愛坂さまで？」

男はかすれた声で訊いた。

「うむ。傘辰の件だな」

「ええ」

「ちと、出て来る」

朝比奈にそう言って、桃太郎は長屋を出た。

だいぶ暗くなったが、明かりがなくとも見えないほどではない。

「寒くなったな」

歩きながら声をかけた。

「……………」

男はうなずきもしない。

薬師堂《やくしどう》の境内に入った。人気はない。あたりも静まりかえっている。ここに来るあいだに、とうとう明かりがなければなにも見えないくらいになった。ただ、月は大きく、雲にさえぎられてもいない。

三本ほど立っている大きなけやきはまだ、葉を落とし切っておらず、月明かりをふさいで、幹の周囲に闇をつくっていた。

その闇のなかに入って、男のほうを向き、

「懐に匕首《あいくち》を呑んでいるな」

と、桃太郎は言った。

「え」

男は身構えた。

桃太郎と男のあいだは、およそ一間（一・八メートル）。桃太郎は刀を抜いていない。刀に触れてもいない。

「やるか？　わしはすべて、わかったぞ」

「なんのことでしょう？」

男は訊いた。当然迷っている。桃太郎の真意がわからない。

「あの大きな傘の使い道だ」

「関取が……」

「どこの関取だ。くだらぬ嘘を言うな。使い道は北条屋だ。あそこの金の鬼瓦を盗もうって魂胆だろう」

「………」

男の身体が固まったのがわかった。

「鬼瓦を屋根から外し、手前の庇のでっぱりに棒の先を当てて、道の向こうに飛び移るんだ。そこは蔵だ。三階建てもある高い蔵だ。その屋根の上を歩き、反対側へ飛び降りるんだ。ふつうに飛び降りれば死んでしまうが、大きな傘を広げて飛べば、ゆっくり降りられる。下は日本橋川だ。逃亡用の舟が置いてあり、そこへ飛び降りる。そして、追っ手がうろうろしている間に、そなたは闇のなかに消えているという案配だ」

「………」

「もう終わりだ。だが、わしの言うことを聞けば、終わりにはならぬ」

「………」

バサッと音がして、男が動いた。

左右に身体を揺すり、右のほうから匕首を突き出してきた。

桃太郎はすばやくかわし、刀を抜き、もう一度、突き出してきた匕首のなかほどを刃でもって強く叩いた。

かきん。

と音がして、白い火花が数条、飛び散った。

「うう」

男は手がしびれたらしく、匕首を取り落としてうずくまった。

桃太郎は落とした匕首を足で蹴って遠ざけた。

桃太郎にしては、珍しく荒っぽいやり方をした。それは、早いこと男の信頼を勝ち得るためである。

切っ先を男の前に差し出し、

「いま、斬ったほうがよいのか？」

と、訊いた。

「言うことを聞けば終わりにならないので？」

「ああ」

「なにかすればよいのですか？」

「そういうことだ。ただし、そなたがやろうとしていることの邪魔はせぬ。むしろ大いにやってもらいたい」

「そうなので？」

「まず、そなたの名を聞こう」

桃太郎はそう言って、刀を納めた。

「文太《ぶんた》といいます」

「文太か。まず、その物騒なやつを拾って、懐に入れておけ」

と、匕首を拾わせ、

「北条屋を狙うのは、金のためか？」

さらに訊いた。

「違いますあ。恨みがあるんです。いや、恨みだけじゃねえ。ああいう野郎にでかい顔をさせては、世のなかのためにもいけないんです」

「北条屋はひどいやつか？」

「ええ。おれのおやじは医者をしてましてね。いま、北条屋が売っている烏情丸というのは、おやじが五年前につくった薬なんです」

「そうなのか」

「痛みにものすごく効きます。あれのおかげで、ずいぶん多くの人が助かるでしょう。ただ、まだわからないことがあって、素晴らしく効く病人がいる一方で、まれに急に悪くなって命を落とす人がいるんです」

「そうなのか」

噂で聞いた話である。

だが、薬というのはおそらく本来そういうものなのだ。毒にも薬にもなる。薬にするのが匙《さじ》加減なのだろう。

「おやじはそこを解明してから世に出すつもりでいたんですが、あの野郎が」

「盗んだのか」

「ええ。おやじは急に心臓の発作で亡くなりましたが、おれは北条屋に毒を飲まされたと思っています」

「なるほど」

「おれが、薬草の採取のため、蝦夷《えぞ》に行っているときのことでした。しかも、おやじが恐れていたことが起きているようなんです」

「薬を飲んだものが逆に亡くなるのだな」

「それも、思っていたよりも多いんです。たぶん、なにかの分量がおやじがつくったのとは違っているんです。だが、それは秘密にしてしまっている。ある医者があの薬が危険であることを指摘しました。売るのをよせと。すると、町方が動いて、その医者をほかの罪で佐渡《さど》送りにしちまいました」

「北の森山平内って与力です。切れ者面して、言うことはおためごかしで、とんだ悪党ですよ」

「町方が？」

「同感だ。付け加えると、自分は正義だと思っているからタチが悪い。だが、そなたの方法は面白いが、まずは北条屋の内部に入り込まねばなるまい」

「もう入り込んでますよ。去年から北条屋の手代《てだい》になったんです。もうあの家のなかは手に取るようにわかります。夜中に起き出せば、鬼瓦のところへ行くのは、なにも難しくはありませんよ」

「ほう」

感心した。準備は着々と整えていた。

「棒を延ばすのに、上につけたほうがいいというのは？」

と、文太は訊いた。

「下につけると、紙のところを持つことになる。飛び降りる前に破れたりしたらまずかろうよ」

「確かに」

「盗んだ鬼瓦は金にするのか？」

「金が欲しかったら、金蔵のほうを狙いますよ。あの鬼瓦をどこかに置いて、見せしめにしてやりたいんです」

「狙いはわしと完全に一致した。ぜひ、協力させてもらいたい」

桃太郎は頭を下げた。

「旦那は本当に元お目付なので？」

「嘘ではない。ただ、目付にも、やたらと厳しくしたい一派と、世のなかを過ごしやすくしたい一派がいる。わしは後者だとだけ言っておこう」

「なるほど。それで、おれはなにをしたらいいので？」

「うむ。まずは予告状を出そうではないか。鬼瓦を盗みに参上すると」

「なんてことを」

これには大胆不敵な文太も驚いたらしい。

八

文面は桃太郎が考えた。

できるだけ森山平内を目立たせたい。とても与力にはとどまっていられないくらいにしたい。

かつ平静さを失うくらい激怒させたい。

桃太郎は健筆をふるった。

万が一目をつけられたときも、言い逃れできるよう、自分の字とは似ていない癖字にして、三十枚ほど書き上げた。これを文太に夜のうちに江戸橋界隈《えどばしかいわい》に貼ってもらうことにした。

すぐに剝《は》がされてもつまらないので、手の届きにくいところに貼るか、見やすいところでは糊《のり》でべったり貼りつけることにした。

翌朝——。

江戸橋界隈は大騒ぎである。

江戸橋の南詰の欄干に貼り紙があった。

それには、こう書かれてある。

あれに見える北条屋の黄金の鬼瓦
見事盗み出してみせよう
北町奉行所与力の森山平内さん

あんた評判悪いぜ
ふだんずいぶん威張っているが
黄金の鬼瓦を守れるものなら守ってみなよ
懇意にしている北条屋さんのため
賄賂をしこたま頂戴している北条屋さんのため
ま、あんたの頭じゃ無理だんべ
　　　　　　　　　　正義の使者より

噂を聞き、日本橋のほうからもたちまち大勢の野次馬が集まって来た。その人混みをかき分けて、北町奉行所から同心たちがすっ飛んで来た。

むろん森山平内もやって来る。

「なんてことだ」

町奉行所の与力が名指しでからかわれているのだ。

急いで引き剥がそうとするが、糊でべったり貼りつけてあるので、なかなか剥がすことができない。

「なにをしているのだ！」

森山は激怒するが、叱られた同心たちはおろおろしてますます剣がせずにいる。

「ええい、じれったい!」

そこへ、ほかの岡っ引きが駆けて来て、

「たいへんです。同じ貼り紙がそこらじゅうに」

「なんだと」

駆けつければ、すでにそちらも野次馬の山……。

町方が駆け回るようすを、桃太郎は野次馬からちょっと離れたところで眺めていた。その顔には、いかにも皮肉めいた笑みが浮かんでいる。

「面白いな、文太」

桃太郎は腕組みして言った。

「ええ。ですが、旦那、警戒は厳重になりますぜ」

「もちろんだ。だが、そなたの方法なら、なんの不都合もあるまい。危うくなったら、わしも手伝う」

朝比奈にはまだなにも話していないが、言えばわしにも手伝わせろと言うだろう。だが、とりあえずここは、朝比奈抜きでやるつもりだった。

九

この話は、もちろん評定所にも伝えられ、ずいぶん話題になったらしい。ちょうど朝比奈英一郎が、留三郎を訪ねて来て、その話になった。桃太郎は朝比奈に言わずにおいてよかったと思った。言っていたら、なにかのはずみで英一郎が勘繰《かんぐ》るようなことを言ってしまっただろう。現役の目付が聞いてしまうと、やはりまずい。知らないままのほうがいい。

「あそこまで名指しされたのだから、森山は外したほうがいいのではないか」

という意見も出たらしい。つまりは隠居でもさせてしまうということだろう。万が一、鬼瓦が盗まれでもしたら、森山平内が赤っ恥をかくだけではない。町奉行所の権威まで損なわれる。

「仁吾は、さっさと鬼瓦を下ろさせればよいのでは、と言ってました」

と、英一郎は言った。

——仁吾のやつ。

それはけっこうな策ではあるが、桃太郎としては困るのである。

「だが、森山平内は、断固、そうした提言を拒否して、盗人《ぬすっと》を自分の手で捕縛させて欲しいと言っていて、たぶんそれが通るでしょう」

「そうか」

「町方が全力で警戒したら、あんな目立つところにあるものは誰も盗めませんよ」

「まあな」

それができるのだから、世のなかは油断ならないのである。

「老中の日野はこの件に関しては？」

と、桃太郎は訊いた。

「ずいぶん気にしているようです。北条屋からはかなりもらっていると、陰ではもっぱらの評判です」

「だろうな」

ずいぶん面白いことになりそうである。

あの予告状にはいつやるとは書いていない。

文太はすぐにでも実行したがったが、桃太郎はしばらくは焦《じ》らすつもりである。当初は緊張した警戒がなされるだろうが、三日経ち、五日経ちとなってくると、次第に緩むはずである。町方だって、そうそう北条屋のことだけにかかずらわっているわけにはいかない。

たちまち厳重な警戒が敷かれたが、どんな警戒態勢になっているかは、文太がなかにいるからすべてわかるのである。

「内部に下手人がいるとは、まったく疑っていません」

と、文太は言った。

しかも、南町奉行所の同心である雨宮《あまみや》五《ご》十郎《じゅうろう》がやって来て、無駄話がてら内情をすべてしゃべってくれた。

「まったく森山平内さまが名指しされたのだから、ご自分の家来とか金で警護すればいいのに、南の定町回りにまで協力を依頼してくるんですからね」

「そりゃあ大変だな」

「ま、大きな声では言えませんが、ふだんあれだけ息巻いていると、わたしなんかも本気で動きたいとは思いませんよ」

「だが、夜回りくらいはしているのだろう」

「いちおう、蔵のわきに仮番屋を設置して、同心が二人ほど詰めるようにしました」

「二人だけか？」

「なあに、北の同心と岡っ引きが、ずっとぐるぐる回ってますし、北条屋の向かいにある金物屋の二階を借り上げて、弓の遣い手を常時二人潜ませてあるのです。盗人が鬼瓦に近づこうものなら、たちまち矢が突き刺さりますよ。可哀そうですがね」

「なるほどなあ」

桃太郎は感心したふりをしたが、金物屋の二階に町方を伏せてあるのはわかっていた。予想していたし、昼間、その窓から奉行所の者が顔を出し、指差して命じたりもしているのだから、見え見えである。

ただ、常時二人というのは、雨宮が言ってくれなければわからなかった。

――防御の仕掛けはわからなくするのも、戦術の第一歩なのだが……。

桃太郎は森山平内のわきの甘さに呆れるほどだった。

十

五日すると警戒が一段階緩んだ。

森山の下に配置された人員が、三十人から二十人になった。二交代だと、十人で見回っていることになる。

金物屋に配置された弓の担当も、交代する者も入れて、二名になった。とすると、見張っているのは一人だけである。

七日経つと、南町奉行所の仮番屋に詰めるのは、同心ではなく中間《ちゅうげん》が二人になった。これではそこらの辻番よりも頼りにならない。

桃太郎はもう少し待ちたかったが、やはり仁吾が主張したさっさと下ろさせればいいという案が検討されているというので、ついに決行することにした。予告状が出て、九日目のことである。

月は新月に近く、北条屋では常夜灯を置いたり、できるだけ店を明るく照らそうとはしているが、鬼瓦のあたりはやはり暗い。

桃太郎は、酒を口に含み、酔ったふりをして江戸橋に差しかかった。町は北条屋の件もあってか、いつもより人気は少ない。秋風が日本橋川に沿って、ぴゅうと吹き抜けた。

そのとき、北条屋の屋根の上に男の影が浮かび上がるのを見た。小柄な文太は颯爽《さっそう》としていて、闇夜から現われた伝説の八咫烏《やたがらす》のようにも見えた。

「あ、出たぞ！」

下で声がした。回っていた町方の誰かが最初に見つけたらしい。御用提灯が揺らめき、

「がんどうを持て！」

「梯子《はしご》をかけろ」

などと、さまざまな声が飛び交った。

「森山さまに報《しら》せろ！」

森山はこのところずっと奉行所に泊まり込んでいるのだ。北町奉行所は呉服橋《ごふくばし》を渡ったところで、ここからはすぐ近くである。

しかし、文太の仕事は速い。数カ所を金槌で壊し、かけてあった鬼瓦を外した。そのとき、その背中に矢が突き刺さった。

「やった」

「落ちるぞ」

といった声がした。だが、文太は転げ落ちたりしない。桃太郎が用意した鎖《くさり》帷子《かたびら》を着込み、なおかつ背中と腹には板を挟んでいる。

文太は、外した鬼瓦を高々と掲げ、

「約束どおりいただだいたぜ！」

と、大声で言った。

ちょっと離れたところからこれを見ていた町人たちから、

「待ってました！」

「日本一！」

などと掛け声まで飛んだ。

それから、文太は準備していた傘がついた棒を庇のところに当てると、二、三度身体を前後に揺すってから、大きく跳んだ。

「うわっ」

という喚声《かんせい》のような声があちこちでした。

傘と棒は黒く塗られているので、空を飛んだように見えた。

文太は見事に蔵の屋根に飛び移った。あとは、傘を広げて日本橋川に向かって飛ぶだけである。下には小舟が用意してあった。

ところがそのとき、下から手裏剣が飛んだ。

「あっ」

幸い、背中の板に当たった。十字手裏剣だった。

これは桃太郎も予想外だった。

手裏剣ということは、伊賀者を伏せておいたらしい。裏に老中の日野がいるのだから、警戒しておくべきだった。

桃太郎は手裏剣が飛んだあたりを見た。

町人のなりをした男がいた。もう一度、手裏剣を構えた。桃太郎は小柄《こづか》を放った。それが伊賀者の肩に当たり、投げた手裏剣は大きく外れた。

伊賀者はこっちに駆け寄って来た。怪我をしながらも戦うつもりらしい。

桃太郎はすばやく蔵の陰に入った。

伊賀者は、危機を察知したらしく、大きく回りこむように跳んで桃太郎の横に出ようとした。同時に桃太郎はその伊賀者に向かって飛びかかって、剣をふるった。

ガツッ。

と鈍い音がして、伊賀者は着地と同時に倒れ込んだ。あばら骨が数本折れたはずだが、命に別状はないだろう。むやみに人を殺すことはしたくない。

桃太郎が振り向くと、文太が傘を広げてゆっくりと舟に降りていくところだった。さながら巨大な蝙蝠《こうもり》だった。蝙蝠小僧の名は、断然、文太のほうがお似合いだった。

「どこだ、曲者《くせもの》は！」

森山平内が駆けつけて来るのが見えた。

「ふっふっふ。もう遅いわ」

桃太郎はつぶやいて、そのまま闇のなかに消えた。

薬師堂の裏で文太が待っていた。さすがに素早い。

桃太郎がやって行くと、

「お疲れさまでした」

と、頭を下げた。

「うまくいったな」

桃太郎も微笑んで言った。満点である。傘を利用して、高いところから飛び降りる稽古を文太はやっていたが、屋根から屋根に飛び移るのは一発勝負だった。

「ええ。手裏剣が飛んで来たときは、ヒヤッとしましたが、愛坂さまにお助けいただいたようで」

「なあに、どうってことはない」

文太は風呂敷に包んだものを桃太郎に差し出し、

「これは、愛坂さまがお持ちになっていたほうが、使い道もありそうですね」

と、言った。

桃太郎は包みをほどいて、金の鬼瓦を見た。ずっしりと重く、月明かりの乏しい闇のなかでも、異様な光を放っていた。

「くだらぬものをつくったものだな」

金にしたら、千両まではいかなくても、五百両くらいはするのではないか。

「まったくです」

「預かっていいのか」

「どうぞ」

「では、これで北条屋と森山平内たちにとどめを刺す方法を考えてみる」

「おれも楽しみです」

「北条屋にもどるのか？」

「いったんもどらないと、おれが下手人だとばれてしまいます。あとあと江戸の町を歩けるようにするには、しばらく手代をやってから正式にやめないと駄目でしょう」

文太は考え尽くしている。

「そうだな。だが、文太は医術をやりたいのだろう？」

「そりゃあ、おやじが志半ばで倒れましたのでね」

「蘭方の医学に興味は？」

「もちろんありますよ。ただ、師匠に縁がなくて」

「では、そのうち紹介しよう」

もちろん羽鳥たちのことである。それには、中山中山も大手を振って歩けるようにしてやらなければならない。

「ありがとうございます」

こうした若者たちの能力を伸ばし切れない世のなかというのは、どこかおかしいのだとつくづく思う。

十一

翌朝――。

昨夜の疲れが残って、起きるのがいつもより遅くなった。

下に行くと朝比奈が、

「おい、北条屋の鬼瓦が盗まれたぞ」

と、声をかけてきた。

「そうなのか」

「もう町中、大騒ぎだ。ま、八割以上は喜んでいるみたいだがな」

「へえ。よくやったもんだな。あの警戒のなかを」

「ああ、たいしたやつがいるもんだ。ところで、桃、昨夜は遅かったみたいだが」

声の調子が変わった。

「そうなのさ。ちと飲み過ぎてしまってな」

「ふうん」

「さて、朝飯でも食って来るか」

「まさかな」

と、朝比奈は言った。

「なにがだ？」

「まさか、桃があの鬼瓦をと思ったのさ。いくらなんでもな」

「おい、わしがどうやってあんな屋根に上れるんだよ」

「まったくだ」

「あっはっは」

桃太郎は笑って外に出た。

市場でいいマグロがあるというので、それを刺身にしてもらって飯を食い、それから傘辰のところに行ってみると、頼んでおいた三本の傘ができ上がっていた。

いい出来である。

なんという色なのか。黄色だが毒々しくはない。品がある。しかも蛇の目模様ではないが、縁の近くが色違いになっている。

「見かけはきゃしゃですが、秋の強風にも耐えますぜ」

「ほう」

「しかも、軒かざりがお洒落でございましょう」

「そうだな」

「よくご覧になってください。お嬢さまのには、小さな黒い猫が数匹入っていますでしょう。卯右衛門さんから、お嬢さまがたいそう黒い猫を可愛がっておられると聞きましたので」

「そうなのだ」

これは、さぞや喜ぶことだろう。広げると黒猫がいて、回せば追いかけっこしているみたいに見える。あと半年もすれば、雨の日はこれを差して、よちよち歩き回るはずなのだ。その光景を思い浮かべただけで、桃太郎は胸が熱くなる。

「いや、礼を言う」

桃子だけではない。珠子と蟹丸もさぞ喜ぶだろう。今日は蟹丸が稽古に来ているはずである。

傘を三本抱いて、いそいそと長屋にもどり、

「いるかな」

と、声をかけて珠子の家に入ると、

「いますよ」

答えたのはなんと、千賀だった。

「え？」

頭のなかが白くなった気がした。

「あたしたちもいま来たばかりですよ」

千賀のわきには嫁の富茂までいるではないか。

もちろん、その向こうには居住まいを正した珠子に、きょとんと座っている桃子、そして緊張した顔の蟹丸がいる。

桃太郎が不服そうな顔をすると、

「富茂は、お祖父さまが住んでおられるところを見てみたいと」

うなずいた富茂の顔には、なんでこんなところにお住まいにという不審がありありと窺える。

だいたい富茂は、桃子のことを知らないはずである。仁吾に隠し子がいたなどと知ったら、どういう騒ぎになるのか、桃太郎は想像したくない。千賀はどういうつもりで、富茂を連れて来たのか。

「そんなことは気にするで……」

そう言いかけると、

「おや、その傘は？」

千賀が、桃太郎が持っていた傘を指差した。

「いや、まあ」

もちろんわかっていれば、朝比奈のところに隠して来た。

「一本は桃子のですね」

「うむ」

「珠子と……」

「そなたのだ」

言ってしまって、桃太郎は自分を踏みにじりたい気分だった。

「まあ、嬉しい。桃子、ばあばですよ」

だが、人懐っこい桃子が、珍しくためらっている。なんとなく微妙な、しかもただならない気配を察知したのだろう。

「ほら、ばあばでしょうが」

桃子は、後ろを向き、逃げるように珠子のほうへ這《は》い寄った。

桃太郎も逃げたい。

この作品は双葉文庫のために書き下ろされました。

双葉文庫

か-29-35

わるじい慈剣帖《じけんちょう》（四）

ばあばです

2020年10月18日　第1刷発行

【著者】
風野真知雄《かぜのまちお》

【発行者】
箕浦克史
【発行所】
株式会社双葉社
〒162-8540 東京都新宿区東五軒町3番28号
［電話］03-5261-4818(営業)　03-5261-4833(編集)
www.futabasha.co.jp(双葉社の書籍・コミックが買えます)
【印刷所】
中央精版印刷株式会社
【製本所】
中央精版印刷株式会社

【フォーマット・デザイン】
日下潤一

ISBN978-4-575-67016-5 C0193
Printed in Japan

双葉文庫